KB253926

멋지기 때문에 놀러 왔지

멋지기 때문에 놀러 왔지

멋지기 때문에 놀려왔지

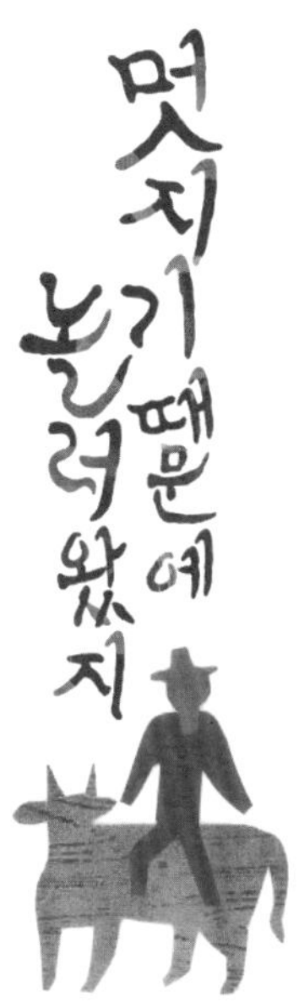

조선의 문장가 이옥과 김려 이야기

설흔 지음

창비

일러두기

1. 본문에 언급된 이옥과 김려의 글은 『선생, 세상의 그물을 조심하시오』(심경호 옮김, 태학사 2001), 『유배객, 세상을 알다』(강혜선 옮김, 태학사 2007), 『글짓기 조심하소』(오희복 옮김, 보리 2006)에서 주로 인용했다. 「백운필」은 『고전 산문 산책』(안대회 옮김, 휴머니스트 2008)에서 인용했다. 인용된 글은 필요한 경우 부분적으로 고쳐 썼다.

2. 이우태가 읊은 글은 임광택의 「하휴행(夏畦行)」과 홍신유의 「우거행(牛車行)」 이다. 두 글 모두 『조선후기 여항문학 연구』(강명관 지음, 창비 1997)에서 인용 해 썼다.

3. 읽히지 않는 고전 문학은 의미가 없다. 이 글은 독자들이 이옥과 김려의 작품 에 관심을 갖고 읽었으면 하는 바람으로 집필했다. 두 사람이 쓴 작품의 실제 집필 시기와 집필 의도는 이 글에서 설명된 내용과 다를 수 있다.

　계축년(1793) 어느 가을밤의 일이다. 이옥, 서유진, 아우 김선과 함께 달빛 아래 모임을 가졌다. 술을 마시고 시를 짓다가 흥에 취해 북한산에 다녀오자고 약속을 했다. 약속한 날이 되었는데 서유진이 일이 생겨 오지 못하고 대신 민사응이 가게 되었다. 사흘 동안 실컷 유람하고 돌아왔다. 실로 유쾌한 일이었다. 나와 이옥이 유람기를 썼다. 두 글을 합쳐 중흥유기(重興遊記)라 이름을 붙이고 우리 집에 간직했다. 얼마 뒤 내가 북쪽으로 유배를 떠나게 되었다. 관원에게 붙들려 가는 변고 중에 서책들을 거의 다 잃어버렸다. 다만 이옥의 초고가 그의 아들 우태에게 남아 있어 이에 옮겨 쓰고 옛 이름을 붙여 따로 한 권을 만들었다.

　기묘년(1819) 4월 초파일, 김려가 삼청동에서 쓴다.

1

이옥의 아들

열린 문틈으로 햇살 한 줄기가 몰래 들어와 두 눈을 꾹꾹 눌렀다. 늦은 봄날에 어울리는 부드러운 햇살이었다. 햇살의 희롱을 즐기다 마지못해 눈을 떴다. 문가에 꽃 그림자가 어른거렸다. 문틈으로 보니 나비 한 마리가 꽃봉오리를 향해 다가서는 중이었다. 꽃은 나비를 반기기라도 하듯 제 몸을 살짝 흔들었다. 평화로운 봄날의 풍경에 마음이 절로 여유로 워졌다. 기지개를 켜고 자리에서 일어났다. 옷을 갖춰 입고 문을 활짝 열었다. 한 점 실바람이 불어왔다. 바람 속에서 진달래의 마지막 향기가 묻어났다. 나도 모르게 코를 벌름거렸다. 봄은 길지 않기 마련이다. 이제 며칠이 더 지나면 여름날이 들이닥칠 터였다. 화전 한 장 못 먹고 봄을 보내고 싶지는 않았다. 이 봄이 사라지기 전 사랑으로 벗들을 불러들여야겠다. 실버들 늘어진 강가를 바라보며 밤 깊도록 술잔을 기울여야 하리라. 고을에서 으뜸으로 치는, 조씨 할멈이 빚어내는 고운 빛깔 오가피주라면 무릉도원이 따로 없을 터였다. 지난해 유례 없는 풍년을 맞은 탓에 창고엔 곡식이 가득했다. 봄기운을 이기지 못해 여기저기서 터지곤 하던 작은 소란도 올봄엔 찾아보기 어려웠다. 초보 수령치고는 그럭저럭 잘해 나가고 있는 셈이었다. 이런 날은 동헌에 나가지 않고 방 안에 틀어박혀 책이나 뒤적거리며 하루를 보내도 괜찮으리라. 벗들에게는 위 서방을 통해 연락을 취해 놓으면 될 것이고.

"이거 놓으라고 하지 않았소?"

"어허, 여기가 어딘 줄 알고 함부로 들어가려 하는 게냐?"

갑작스럽게 들려오는 다툼 소리가 내 흥취를 단번에 깨 버렸다. 눈을 가늘게 뜨고 밖을 내다보았다. 우당탕탕 문이 열리더니 낯선 청년이 마당 안으로 뛰어들었다. 뒤따라 들어온 위 서방이 청년의 멱살을 낚아챘다. 두 남자 사이에 드잡이판이 벌어졌다. 청년의 행색은 남루했다. 벗겨진 갓엔 군데군데 구멍이 났고, 원래는 희었을 도포는 회색으로 변한 지 오래였다. 둘의 다툼에 마당 한구석 채마밭에 심어 둔 채소며 꽃 들이 중심을 잃고 비틀거렸다. 잽싼 날갯짓으로 사라져 가는 나비의 모습에 가슴이 허전해졌다.

"위 서방, 그만두게. 이른 아침부터 도대체 무슨 일인가?"

서슬 퍼런 불호령에 위 서방은 청년의 목덜미를 잡았던 손을 놓았다. 그러나 사태의 종말을 내게 고하면서도 간간이 청년을 바라보는 눈빛엔 분기가 가득했다.

"글쎄, 이놈이 말입니다. 다짜고짜 문을 열고 들어서더니 나리를 모셔오라고 고래고래 소리를 지르지 뭡니까? 쉬고 계시는 중이니 나가라고 해도 듣질 않고 곧장 나리 방으로 쳐들어갈 기세여서……."

"고할 일이 있다면 이방을 찾아가면 될 것을……."

"이방이 뭔 상관이랍니까?"

청년은 내 말이 끝나기도 전에 고개를 젖히고 웃음을 터뜨렸다. 말을 마치기 무섭게 바닥에 털썩 주저앉았다. 내 쪽을 향해 손을 쭉 뻗고는 큰 소리로 무언가를 읊었다.

"저기 둔덕에 꽃이 있으니, 이름은 봉선이라. 비단처럼 번쩍이고 붉은 모래처럼 무성하여 야들야들 사랑스러워라. 따다가 손톱을 물들이면 연지를 칠하듯 아름답기에, 아침에 뜰에서 꺾여서는 저녁에 화장대 앞에 모셔졌구나. 아아, 서리같이 흰 여인들의 손이 그 가지며 잎을 죄다 뜯어 온전한 구석이 하나 없구나."

청년이 읊고 있는 것은 「백봉선부(白鳳仙賦)」였다. 풍 맞은 노인네처럼 갑자기 몸 한쪽이 휘청거렸다. 손을 뻗어 간신히 기둥을 잡았다. 머릿속이 팽이처럼 뱅글뱅글 돌았다. 어찌 저 청년의 입에서 나의 벗 이옥의 문장이 나온단 말인가. 첫 문장만 들어도 알 수 있는 「백봉선부」, 나와 이옥이 성균관에서 수학하던 시절 그가 지은 글이었다. 다소곳한 여인네처럼 늘 소리 없는 웃음을 짓던 그의 얼굴이 어제 본 것처럼 선명하게 떠올랐다. 위 서방이 청년을 끌어내리려는 걸 만류했다.

"위 서방, 잠깐만 기다려 보게. 내 저자에게 한 가지 물어볼 게 있네."

위 서방은 여전히 분이 풀리지 않는 표정이었지만 내 명령을 거역하지는 않았다. 청년은 입술 한구석을 살짝 들어 올려 씩 웃음을 짓더니 옷매무새를 가다듬었다. 손으로 몇 번 다듬는다고 나아질 매무새는 아니었지만 청년은 나름대로 정성을 기울이고 있었다. 어딘지 모르게 흥취가 느껴지는 매끄러운 손동작이었다.

"자네, 「백봉선부」를 도대체 어디서 들었는가?"

"그게 「백봉선부」인지 뭔지는 나도 모르외다. 그저 울 엄마가 시도 때도 없이 외워 대니 나도 알게 된 것뿐이지."

위 서방이 청년의 버릇없는 말투를 참지 못하고 끼어들었다.

"이놈 말투 좀 보게. 현감 나리 앞에서."

"현감이라. 아아, 그러신가? 높으신 분을 몰라뵈었습니다. 현감이라 하면 나라의 동량. 그에 어울리는 뛰어난 학문과

훌륭한 인품을 갖추신 분이 분명할 테니 어리석은 이 한 몸
이 내뱉은 말일랑 부디 용서해 주시구려."

입으로는 용서를 말했지만 진심은 밤 한 톨만큼도 담겨 있
지 않다는 것쯤은 지나가던 개도 능히 짐작할 수 있었다. 불
끈 쥔 주먹으로 청년의 머리를 쥐어박는 위 서방을 이번에는
제지하지 않았다. 위 서방 말대로 청년의 말투는 불량했다.
갓 쓰고 도포를 입었지만 복색에 어울리는 교육 따위는 어깨
너머로도 받지 못한 것이 분명했다. 맞은 자리가 아픈 모양
인지 제 머리를 문지르며 위 서방을 위아래로 훑어보는 청년
에게 물었다.

"네 어머니는 어디서 그 글을 접했다더냐? 그 글이 누구의
것인지는……."

"그야 물론 아버지 아니겠습니까?"

청년은 그 말을 불쑥 내뱉고는 내 얼굴을 빤히 쳐다보았다.
그 얼굴엔 우세한 패를 지닌 이의 능글능글한 여유가 묻어
있었다. 그 말을 들으니 짐작 가는 것이 있었다. 그러나 섣불
리 받아들이고 싶지는 않았다. 내 짐작이 틀렸기를 간절히
바라는 마음을 담아 한 번 더 물었다.

"그럼 네 아버지라는 분이 이기상(李其相)이라는 말이냐?"

"기상이 뭔지는 모르겠고 그저 전주 이 가에 보배 옥 자를
써서 이옥이라고 하더이다. 남정네 이름치고는 참 거시기 하

지요. 공무 보시랴, 풍취 즐기시랴 몸이 두 개라도 모자랄 정도로 바쁘실 텐데 그 이름을 기억은 하시겠소?"

이옥, 그 이름을 듣자 가슴에 얼음 한 덩어리가 뚝 하고 떨어졌다. 내 어찌 그의 이름을 잊을 수 있겠는가. 철이 든 이후로 내 삶은 늘 그와 연관되어 흘러왔다. 시작은 아름다웠지만 언젠가부터 그 인연은 달갑지 않은 것이 되었다. 몇 해 전 그가 죽었다는 소식을 들었을 때 나는 겉으로는 벗을 잃은 슬픔에 어울리는 얼굴을 지어 보였다. 그러나 마음 한구석으로는 묘한 안도감마저 느꼈다는 사실을 고백해야만 하겠다. 청년에게 그런 속내까지 일일이 밝힐 필요는 없었다. 나는 무심을 얼굴에 바르고 먼 하늘을 바라보며 목청을 가다듬었다.

"이옥이라, 오래간만에 듣는 그리운 이름이로군. 아무튼 안으로 들어오게."

청년은 그럴 줄 알았다는 듯 득의만만한 표정을 짓고는 위 서방을 한 번 흘낏 쳐다보았다. 위 서방이 노려보자 이내 고개를 돌리더니 성큼성큼 내게 다가왔다. 다가온 그에게서 술 냄새가 풍겼다. 나는 입술을 감쳐물고는 방 안으로 들어갔다.

막상 방 안에 들이기는 했으나 뭐라 딱히 할 말은 없었다.

청년의 태도 또한 밖에서와는 확연히 달랐다. 기생집을 휘어잡는 한량 같은 태도는 어디론가 사라지고 고개를 숙인 채 무언가를 곰곰 생각하는 다소곳한 청년이 있을 뿐이었다. 그가 생각에 잠겨 있는 동안 내 머릿속도 분주하게 움직였다. 청년은 도대체 왜 나를 찾아온 것일까. 내게 보인 행태로 보아 아버지와 특별히 친밀했던 것 같지는 않았다. 그러니 아버지의 벗을 찾아 옛이야기를 듣고 싶다거나 하는, 보통 청년이 죽은 아버지에 대해 지닐 법한 낯간지러운 이유 때문은 아닐 터였다. 그렇다면……. 도무지 짐작이 가지 않았다. 이옥이 살아온 삶, 그가 남긴 자취는 유배 기간을 빼곤 일상에서 이탈한 적이 없는 나 같은 인간이 이해하기에는 너무도 아득한 곳에 있었다.

"올해 나이는 몇인가?"

"꽤 되오. 이팔청춘은 훌쩍 넘었소."

"이름은?"

"우태요, 이우태."

가까이에서 보니 청년, 그러니까 우태는 무척 앳되게 보였다. 이팔청춘은 훌쩍 넘었다고 힘주어 말했지만 내가 보기엔 많이 잡아 줘도 그 언저리쯤으로밖에는 보이지 않았다. 우태가 입을 열었다.

"아버지와 무척 가까우셨다는 이야기는 들었습니다."

"그런 셈일세. 젊은 시절 꽤 오래 함께 수학했으니……."

"성균관 시절이겠군요. 그 노인네 술 취하면 늘 하는 소리가 그때 참 좋았고 멋졌다는 거였으니."

멋지다, 그 말에 가슴이 뭉클해졌다. 이옥이 특히 좋아하던 표현이었다. 그 말 한마디만으로도 우태와 이옥의 부자 관계가 거짓이 아니라는 사실은 자명해졌다.

"아버지는 자주 만났었는가?"

"자주는요, 무슨. 일 년에 그저 서너 번 얼굴이나 봤나? 그것도 만날 술에 취해서는……."

우태가 얼굴을 찡그렸다. 묘하게도 한쪽 눈을 유난히 심하게 찡그린 그의 얼굴은 이옥과 꼭 닮아 있었다. 나도 모르게 그리움이 몰려왔다. 그러나 그 얼굴은 모습을 드러냈을 때보다 더 빨리 사라졌다. 우태는 고개를 두리번거리더니 입술을 탁탁 소리 나게 마주쳤다. 그러고는 마침내 나를 찾아온 속내를 드러냈다.

"이것 좀 보시오."

그가 품속에서 꺼낸 것은 종이 뭉치였다. 무언가 싶어 펼쳐 본 나는 깜짝 놀라지 않을 수 없었다. 그건 바로 이옥이 남긴 글들이었다. 그 험한 일들을 겪으면서도 그는 자신의 글들을 고스란히 보관하고 있었던 것이다. 한 장 한 장 천천히 넘겨 보았다. 성균관 시절 썼던 것들도 있고, 그 이후 새로 쓴 것들도 있었다. 시기는 달라도 개성은 확연히 드러났다. 한 문장만 읽어도 그의 것인지 능히 짐작할 수 있는 글들이었다. 이옥의 삶이 그대로 묻어나는 그리운 글들. 나도 모르게 손끝이 떨렸던 모양이다.

"너무 흥분하지는 마시우. 그냥 넘겨주는 것은 아니니까."

그냥 넘겨주는 것은 아니다? 나는 그 말뜻을 알 수 없어 눈만 껌뻑였다.

"나리껜 꽤 소중하고 값진 물건이지요? 내게도 그러하외다. 그러니 그냥 넘길 수는 없다 이 말씀이지."

그제야 나는 우태의 의중을 짐작했다. 그러니까 우태는 지금 내게 아버지가 남긴 글에 대한 값을 치르라고 요구하는 것이었다. 아버지의 글을 파는 자식이라니. 오이 꼭지를 씹은 것처럼 혀끝이 씁쓸했다. 우태는 모르겠지만 사실 나는 이옥에게서 그에 대한 이야기를 들은 적이 있었다. 이옥이 죽기 몇 해 전의 일이다. 세상을 피해 전원에 칩거하며 하루하루를 흘려보내던 나를 그가 찾아온 것이었다. 젊은 날에는 하루도 빠짐없이 얼굴을 마주하던 사이였지만 그즈음 그와의 교우는 거의 끊긴 것이나 마찬가지였다. 그의 인생을 바꾸어 놓았던 사건이 마무리된 후에도 그는 늘 한곳에 정착하지 못하고 부평초처럼 세상을 이리저리 떠돌았고, 나는 오랜 유배 끝이라 몸도 정신도 온전하지 못한 탓에 방구들만 바라보며 지냈다. 한때 바늘과 실처럼 붙어 다녔던 우리는 그저 지나가다 우연히 만난 과객처럼 서로의 근황만을 짧게 나누었을 뿐이다. 이야기는 겉돌았고 그 이야기마저 이내 끊겼다. 침묵이 길어지자 이옥은 난데없이 칼 만드는 사람에 대한 이야기를 꺼냈지만 좀처럼 정신을 집중하기 어려웠던 나는 별다른 감흥을 느끼지 못했다. 그날의 짧은 만남이 끝날 무렵이었다. 이옥은 한숨을 내쉬며 자신의 아들에 대한 아쉬움을 털어놓았다. 어쩌다 보니 퇴기에게서 아들 하나를 얻었는데 이 아들이 글 읽는 일에는 도통 관심이 없더라는 한탄이었다. 안타까운 일이었지만 내가 도울 수 있는 성질의 것도 아니었다. 한편으로는 어처구니없기도 했다. 글 때문에 그 모진 고초를 당하고도 그런 말이 나오는가, 하는 충고가 입 밖으로 터져 나오려는 것을 간신히 억눌렀다. 지난 과거를 군이 끄집어내 안 그래도 어색한 분위기를 더 어색하게 만들고 싶지는 않았다. 하여 그저 묵묵히 고개를 끄덕이고 그와 헤어졌을 뿐이다. 그때는 그 만남이 그와의 마지막이 되리라는 사실은 짐작도 하지 못했다. 그가 죽었다는 소식을 들은 후 그날의 행동이 제일 먼저 떠올랐다. 약간의 후회를 하기는 했다. 왜 나는 그에게 좀 더 살갑게 대하지 못했을까. 그 무렵에는 꼬일 대로 꼬여 버린 인생을 살아 버린 영락한 남자였지만 한때는 내가 가장 닮고자 했던 벗이었던 그에게 그렇게 야박하게밖에 할 수가 없었던 걸까. 물론 내게도 변명거리는 있었다. 내 인생에 찾아온 불행의 태반은 그와의 만남에서 비롯되었던 것. 꼬집어 그를 비난하는 것은 아니지만 더 이상 그와 엮이고 싶은 마음 또한 없었다. 삶에 지친 나였다. 오랜 방황과 좌절 끝에 비로소 안식을 찾은 나였다. 이젠 더 이상 풍파 가득한 삶을 되풀이하고 싶지는 않았다. 그것이 어느덧 귀밑머리가 하얗게 된 나이에 이른 나의 솔직한 심정이었다. 누구라도 그렇게 대할 수밖에 없었을 테지. 스스로 자위하고 고개 한 번 젓는 것으로 후회는 없던 것이 되었다.

지금 이옥의 아들 우태를 눈앞에 두고 보니 글 읽는 일에는 도통 관심이 없더라는 이옥의 말이 다시금 귓전을 때리는 듯했다. 나는 속으로 중얼거렸다. 자네 아들은 아버지가 살아온 삶에는 전혀 관심이 없는 모양이네.

"신기하게도 아버지라는 작자는 제 글을 우리 집에 두었소. 본가도 있을 텐데 말이지. 조금은 가치 있는 물건을 남겨준 셈이니 고마워해야 하는 겁니까? 으흠, 도대체 왜 그랬을까? 못난 자식에 대한 조그마한 배려라고 해야 하나?"

위 서방을 불러다 우태를 흠씬 두들겨 패게 하고 싶었다. 우태가 젊다고는 하지만 한때 무과 급제를 꿈꾸며 몸을 단련했던 위 서방의 완력을 당하지는 못할 터였다. 아니 차라리

옥에 가둬 두는 것은 어떨까. 제 아버지의 유품을 팔아먹는 놈이니 패륜아인 셈이고 그것이라면 명분은 충분할 터. 속으로 고개를 절레절레 저었다. 아니었다. 그래서는 안 되었다. 따지고 보면 우태는 이옥의 불행한 삶이 만들어 놓은 괴수였다. 다른 아버지를 만났더라도 우태가 지금 같은 이 모양 이 꼴이 되었을까. 그렇지는 않을 것이다. 괴수더러 왜 하필 괴수가 되었느냐고 탓해서는 안 되었다.

"그래, 어느 정도 값을 치르면 되겠는가? 생각한 것이 있을 터이니 한번 말해 보게나."

우태의 입가에 웃음이 번졌다. 그러나 그는 기다렸다는 듯 덥석 먹이를 물지는 않았다.

"흐흐, 모름지기 거래란 뜸을 들여야 제맛 아니겠소? 일간 만나서 술이나 한잔합시다. 그런 뒤 결정해도 되지 않겠소?"

나이는 어려도 여간내기가 아니었다. 말과 행동으로 볼 때 일찍부터 세상에 내쳐져 단련된 것이 분명했다. 호통을 치려다 한 번 더 꾹 참았다. 방으로 들이지 않았으면 모르되 들인 이상은 내가 감수할 수밖에.

"알겠네."

"그럼 연락드리겠습니다."

우태는 흡족한 듯 고개를 끄덕이고는 자리에서 일어났다.

벗에게나 하는 가벼운 목례만을 남기고 떠나려는 그에게 물었다.

"내 한 가지만 묻겠네. 자네, 아까 읊었던 「백봉선부」가 어떤 의미를 담고 있는지 알기는 하는가? 모른다면 그 뒤에 어떤 내용이 이어지는지 혹 궁금하지는 않은가?"

힐난조의 질문에 우태는 기분이 상한 모양이었다. 그는 노골적으로 입을 삐쭉거렸다. 오냐, 성을 내거라. 내 다 받아 주마. 그런 뒤 네놈에게 글이란 게 뭔지 알려 줄 테니. 그저 입으로만 외워 읊는 게 글은 아니란 말이다. 그러나 우태는 이내 불만에 가득한 표정을 지웠다. 그는 말없이 나를 쳐다보았다. 건들건들하던 조금 전과는 사뭇 다른 날카로운 눈빛이 뿜어져 나와 나를 놀라게 했다.

"제목대로라면 흰 봉선화 이야기가 이어지지 않겠소? 그럼 한번 읊어 보리까? 으흠, 하지만 흰색이라 붉게 물들이지 못하기에 여인들이 잡풀이나 마찬가지로 여겨 손으로 따지 않고 비단 치마를 돌려 가 버리나니, 수풀 속을 집 삼고 나비를 맞아 홀로 즐겨 따스한 바람 맞으며 제 수명대로 사는구나……. 이 뜻인즉슨 흰 봉선화 따위 세상에 하나 쓸모는 없어도 제멋에 잘 살더라 이 말 아니겠소? 한마디로 실없는 소리지요. 흰 봉선화는 무슨 개뿔. 과부보단 새색시, 같은 값이면 다홍치마라고, 봉선화라면 붉어야 마땅하지. 그럼 며칠 후에 다시 올 테니 술 한잔 거하게 대접해 주시구려.”

우태가 사라진 뒤에도 나는 한동안 자리에서 움직이지 않았다. 우태는 자조적인 말투로 은근슬쩍 마무리를 지었지만 「백봉선부」에 담긴 의미를 정확히 알고 있었다. 그의 말 그대로였다. 이옥은 늘 한미하고 쓸모없는 것에 관심을 기울였다. 모든 이들이 붉은 봉선화에 시선을 줄 때 그 혼자만이 흰 봉선화를 바라보았다. 사람들이 크고 화려한 것을 침 마르게 칭찬하는 사이 그는 깨진 벼루며 소박한 종이에 처박힐 듯 깊이 몰두하곤 했다.

도대체 우태는 어떻게 「백봉선부」의 의미를 파악한 것일까? 그의 말대로 어머니가 읊은 것을 귀동냥으로 들어 안 것이라면 그럴 수가 없었다. 또한 이옥의 말대로 글에 관심이 없었다면 그럴 수가 없었다. 도통 알 수 없는 일이었다. 나는 위 서방을 불렀다.

“우태란 놈이 어디에 머무는지, 무엇을 하고 돌아다니는지 한번 알아봐 주게나.”

“알겠습니다. 그리고 오늘 밤 어떻게 하시렵니까?”

나도 모르게 눈살을 찌푸렸다. 갑자기 무지근해진 가슴을 살짝 누르며 대답했다.

“못 간다고 답을 주게나.”

“그래도……”

“그만 가 보게.”

위 서방이 나간 뒤 나는 한숨을 내쉬었다. 오늘 밤 나를 초청한 이는 최수용으로 정조 임금 밑에서 형조 참판을 지낸 고위 관료였다. 내가 이곳 논산에 현감으로 온 지 벌써 일 년이 넘었다. 일 년 동안 얼굴 한번 비치지 않던 최수용이 갑작스럽게 마을 유지들과의 술자리에 나를 초청한 것이다. 현감이라면 거부할 수 없는, 혹은 거부해서는 안 되는 자리였지만 문제는 그가 최수용이라는 데에 있었다. 적어도 최수용 밑에서 고개를 굽실거리고 싶지는 않았다. 우연치고는 짓궂은 우연이었다. 최수용이 연락해 오고 이옥의 아들 우태가 나타나다니. 무언가 불길했다. 커다란 돌로 꾹꾹 눌러둔 냄새나는 과거가 들썩거렸다. 나는 고개를 저어 어두운 상념을 털어 내려 애썼다. 겨울은 이미 사라진 지 오래였다. 푸른 잎사귀들이 참새처럼 재잘대는 계절에는 어울리지 않는 고루한 상념이었다. 서안으로 눈길을 돌렸다. 혼자서 헛웃음을 쳤다. 저게 바로 이옥의 글이란 말이지, 거참.

손을 뻗어 다시 한 번 그의 글을 뒤적거렸다. 눈으로는 읽고 있었지만 머릿속에는 그 내용이 하나도 들어오지 않았다. 내 기억은 이미 과거로 여행을 떠나고 있었다. 기억이 가장 먼저 도달한 곳은 유배 떠나던 바로 그날 밤이었다.

계축년(1793) 11월 14일

북풍은 어찌하여 이렇듯 거세게 부는가.

차가운 달빛이 온 하늘에 가득하다.

어버이 두고 떠나게 되니 자식 마음 애달프고

서울에서 밀려나는 신하의 심정은 괴롭기만 하다.

　내 운명은 생각지도 못한 방향으로 흘러갔다. 옥에 갇힌 지 이틀 만에 나는 유배객 신세가 되었다. 서울 하늘 아래서 문명(文名)을 떨치던 날들은 이제 거센 비 뿌리고 흔적도 없이 사라진 먹구름처럼 되었다. 아침까지만 해도 설마 하는 기대를 버리지 못했다. 임금이 내가 쓴 고문(古文)을 칭찬한 것이 불과 며칠 전의 일이었다. 그 일은 내가 직접 목도한 것이 아니니 논외로 치더라도 임금의 됨됨이를 생각해 보면 있을 수 없는 일이었다. 임금은 공명정대하고 사려 깊었다. 다른 이의 증언만으로 죄 없는 이를 서둘러 유배 보낼 리가 없었다. 한미한 백성들의 사소한 사연 하나하나에도 귀를 곤추세워 듣던 임금이 아니던가. 분명 내게도 그 공명정대함과 따뜻한 배려가 미치리라 확신했다. 믿음의 결과는 허망했다. 옥에서 풀려나기만을 기다리는 나를 찾은 것은 형조의 관리였다. 그는 건조한 목소리로 유배가 확정되었음을 알리고는 다짐장을 내밀어 내 서명을 받아 갔다. 다짐장은 내가 진술한 내용이 하나 틀림이 없다는 것을 확인하는 서류였다. 정신 차릴 겨를도 없이 한 무리의 남정네들이 들이닥쳤다. 형조의 하인들이었다. 그들은 나를 데리고 숙직 낭관의 거처로 데려가 종이 한 장에 내 용모의 특징을 상세하게 적은 후 유배 서류에 붙였다. 그러고는 경기 감영으로 가야 하니 빨리빨리 움직이라고 나를 몰아세웠다. 집에 들러 필요한 물건을 챙길 틈도 없었다. 눈치 빠른 위 서방이 재빠르게 몸을 움직여 챙겨 온 이불과 옷가지 두 벌, 책 몇 권과 요강이 내게 남은 전부였다. 얼굴도 모르는 아들의 울음소리가 귀를 후벼 팠다. 간밤에 태어난 아이였다. 갓 태어난 자식에게 아비로서 차마 못 할 죄를 지은 것 같아 마음이 아팠다. 고개를 저어 울음소리를 떨쳐 냈다. 그러자 이번에는 아내의 얼굴이 떠오르고, 부모의 얼굴이 떠올랐다. 나의 작은 성공을 자신의 기쁨으로 삼고 살아가던 그들이었다. 나 없이 그들은 어떻게 살아갈까. 남겨진 가족 생각에 눈앞이 캄캄해졌다.

내가 가야 할 곳은 함경도 경원이었다. 지도 속 지명으로나 존재하는 줄 알았던 아득히 먼 땅. 실체라고 전혀 느껴지지 않는 세상 끝의 땅. 다시 돌아올 기약이나 있는 걸까.

"사정, 자네 괜찮은가?"

갑작스럽게 들려오는 벗의 목소리에 나는 다시 정신을 차렸다. 길가에 내 벗이자 매형인 이우신이 서 있었다. 내 소식을 듣고 여주에서 급히 올라온 모양이었다. 우락부락한 그의 눈가에 눈물이 그렁그렁 맺혔다. 나는 잠시 말에서 내려 그에게 다가갔다. 그는 아무런 말도 못 하고 내 손을 굳게 잡았다. 벗의 얼굴을 보니 간신히 다잡았던 마음이 다시 흔들렸다.

"너무 억울하네. 죄도 없는데 유배객 신세가 되다니. 이를 도대체 어쩌면 좋단 말인가."

처음엔 내 등을 토닥거리며 나를 위로하던 그는 내 흐느낌이 길어지자 정색을 하고는 귀에 대고 속삭였다.

"죄가 없다는 건 모두가 아는 사실일세. 그러니 억울해하면 지는 것일세."

"뭐라고?"

"임금은 이번 일로 자네를 벌준 것이 아니네. 이옥이 당한 사실을 벌써 잊은 것은 아니겠지?"

뜻밖의 말에 나는 화들짝 놀랐다. 하지만 이우신의 말은 사실 난데없는 것은 아니었다. 그건 바로 내 마음속 깊이 숨겨져 있던 말이기도 했다. 단지 사실로 받아들이고 싶지 않아 짐짓 외면했을 뿐. 눈물과 분노를 걷어 내고 나면 남은 사연은 의외로 간단명료했다. 임금은 나를 이옥의 무리로 점찍었던 것이다. 간사한 글로 세상을 홀리고 미혹한다는 낙인이 찍혀 있는 바로 그 이옥의 무리. 비웃고 따돌림을 당하는 그 참담한 무리. 그물을 쳐 놓고 걸려들기만을 기다리던 임금에게 강이천의 유언비어 사건은 좋은 빌미를 제공해 주었다. 그 사건과 관련된 혐의자 속에 내 이름이 끼어 있자 임금은 두 번 생각하지도 않고 유배형을 확정 지은 것이 분명했다. 몇 해 전 이옥을 향했던 칼날은 조금도 무뎌지지 않았다. 하루도 쉬지 않고 갈고 닦은 것이 틀림없는 임금의 칼날은 일이 터지자 제 실력을 유감없이 발휘했다.

이옥, 결국 나를 유배 보낸 것은 강이천이 아니라 이옥이었다. 그의 무리가 아니라는 사실을 증명하기 위한 숱한 시도들은 모두 허사가 되었다. 처음부터 임금은 나를 용서할 생각이 없었다. 그런 줄도 모르고 임금이 내가 올린 고문을 침 튀기며 칭찬했더라는 이야기만을 전해 듣고 눈물 흘리며 기뻐한 내가 한심스럽기 그지없었다.

달은 희미하고 바람은 세차게 불었다. 나는 옷매무새를 가다듬고는 힘없이 말에 올라탔다. 벗의 흐느낌 소리만이 죄인의 멍에를 지고 외로이 서울을 떠나는 나를 배웅할 뿐이었다.

2

시기(市記)를 읽다

경상도 청도에 사는 벙어리 탄재는 칼을 정말 잘 만들었다네. 그가 만든 칼은 날카롭고 가벼워서 일본 칼을 능가했다네. 자네 아는가. 칼 다루는 이들은 쇠 고르는 일에 온갖 정성을 다 기울인다네. 탄재는 달랐네. 탄재는 값이 얼마인지만 물었다네. 값이 비싼 것이 상등품일 테니 말일세. 탄재는 성격이 몹시 사나워서 자기 뜻에 거슬리는 이가 있으면 쇠집게와 쇠망치를 들이댔네. 어느 날 경상 감사가 그에게 칼을 만들라고 명령했네. 탄재는 감사의 명령을 전하는 이 앞에서 자기의 상투를 끊으며 거절했네. 탄재는 물건도 잘 알아보았네. 어느 날 고을 수령이 탄재를 불러 옥구슬 갓끈을 감정하게 했네. 그는 연경에서 가져오지 않았으면서도 연경에서 가져왔다고 거짓말을 했네. 탄재는 손을 저었네. 사

람들은 수령의 편이라 탄재의 말을 믿지 않았네. 탄재는 크게 노하여 옥구슬 갓끈을 뚝 끊어서 불에 던졌네. 수령은 펄쩍 뛰며 그제야 사실을 밝혔네. "내가 졌네, 내가 졌어. 그런데 갓끈이 온전하지 못하게 되었으니 이를 어쩌겠는가?" 탄재는 즉시 자기 집으로 가서 옥구슬을 한 줌 가져다 수령에게 주었네.

자네 아는가. 태어날 때부터 벙어리인 자는 반드시 귀머거리인 법일세. 탄재는 벙어리에 귀머거리였으므로 다른 사람과 이야기를 나눌 수 없었네. 그 고을 아전 가운데 손짓말을 할 줄 아는 이가 있었네. 손으로 그려 내는 모양만 보고도 탄재가 하려는 말을 정확히 알 수 있었네. 그래서 늘 그가 따라다니며 탄재의 이야기를 전해 주었네. 그런데 그 아전이 탄재보다 먼저 죽었네. 탄재는 그의 관을 잡고 개가 울듯이 종일을 끙끙거렸네. 얼마 안 되어 탄재도 병이 나서 세상을 떠났네. 탄재가 만든 칼은 이제 찾아보기 어렵다네. 자네, 알겠는가, 이 이야기가 뜻하는 바를.

간밤의 꿈자리는 뒤숭숭했다. 이제는 까맣게 잊은 줄로만 알았던 옥에서의 첫날 밤이 수년 만에 다시 꿈에 등장했다. 사람 죽네, 하고 외치는 노파의 날카로운 고함 소리가 귓전을 때렸다. 옥에 갇힌 것만 해도 참람한데 그날 밤 가까운 민가에서는 모자간에 칼부림까지 일어났다. 칼에 찔린 건 이웃집 노파였지만 그 비명에 가슴이 턱 하고 막힌 것은 다름 아닌 나였다. 손으로 귀를 막았다. 아무런 소용이 없었다. 노파의 고함 소리는 팔다리를 때리고, 배를 때리고, 심장을 때렸다. 날카롭게 벼린 칼날이 바닥에 떨어졌다. 노파의 고함은 간사한 웃음으로 변했다. 그런데 웃음소리는 남자의 것이었다. 고개를 들고 보니 내게 칼을 던진 자는 바로 이옥이었다. 이옥이 소리 없이 웃었다. 손도 대지 않았는데 칼날이 절로 움직여 내 머리를 향했다. 나는 모든 것을 포기하고 두 눈을 질끈 감았다. 칼날이 이마에 닿는 차가운 감촉이 느껴졌고, 나는 그 차가움에 진저리를 치며 잠에서 깨어났다.

사방은 고요했다. 나는 손을 더듬어 자리끼를 마셨다. 아침이 밝아 오려면 아직 멀었지만 다시 잠을 청하기는 그른 일이었다. 묘한 꿈이었다. 탄재의 칼은 내가 마지막으로 이옥을 만났던 날, 그가 들려준 이야기였다. 오래간만에 만난 벗에게 들려준 이야기치고는 어처구니없었다. 벙어리에 귀머거리인 데다 자신을 알아주는 이가 죽자 허무하게 생을 마감한 남자의 이야기라니. 귀 기울여 듣지 않은 까닭에 탄재라는 그 이름만 머릿속에 남아 있었는데 느닷없이 꿈에 등장한 것이다. 그것도 옥에서 보낸 첫날 밤의 괴이한 일과 겹쳐서 말이다. 어두컴컴한 허공을 보며 중얼거렸다. "자네, 내게 하고 싶은 이야기가 도대체 뭔가? 왜 죽은 뒤에도 나를 놓아주지 않고 괴롭히는가?"

종이 뭉치가 바람에 펄럭였다. 등불을 켜고 보니 우태가 가져온 이옥의 글들이었다. 이옥에게 물었다. 자네가 원하는 게 바로 이것인가?

돌아오는 대답이 있을 리 없었다. 나는 이옥의 글을 잠시 노려보다 옷을 갖춰 입고 밖으로 나갔다. 그 글과 씨름하며 고통을 반추하느니 뒷짐 지고 천천히 걸으며 고을의 아침 풍경을 살펴보는 게 훨씬 좋을 터였다.

오래간만에 분주한 하루를 보냈다. 나는 그동안 미뤄 두었던 온갖 잡무를 몰아서 처리했다. 덕분에 하루 종일 관아가 들썩들썩했다. 이방과 형방이 교대로 들어와 보고를 올렸다. 옥에 갇힌 이들이 줄줄이 끌려왔다. 시간이 지남에 따라 내 서명을 필요로 하는 서류들이 하나둘씩 쌓여 갔다. 점심을 먹은 후에는 제방 쌓는 현장에 나가 사람들이 일하는 모습을 꼼꼼하게 지켜보았고, 시장에 들러 관아로 돌아온 후에는 관찰사에게 보내는 보고서를 썼다. 붓에서 손을 떼자 사방은 이미 어두컴컴해졌다. 나는 빼먹은 일이 없나 곱씹어 보았다. 그러고 난 뒤 눈을 비비고는 위 서방을 불러들였다.

"내가 시킨 일은 어찌 되었는가?"

"우태란 놈은 조씨 할멈의 주막에 머물고 있습니다. 낮 동안 지켜봤는데 별다른 건 없었습니다. 하루 종일 방 안에 틀어박혀 나오지도 않더군요."

"알겠네."

"그런데 한 가지……."

"말해 보게."

"주막에서 최 서방을 만났습니다."

"최 서방이라면……."

"최 참판 댁 청지기 말입니다. 저보다 먼저 주막에 앉아 있었는데 술상도 없는 꼴이 수상해 슬쩍 말을 걸어 보았습니다. 그런데 이놈이 되도 않는 말 몇 마디만 중얼거리고 사라져 버리지 뭡니까?"

"뭐라고 하던가?"

"뭐 말도 안 되는 이야기라. 그대로 전하면 이렇습니다. '형님, 현감 나리께서는 요즈음 잘 주무시지요?' 그래서 제가 '뭐라고, 이 자슥아.' 하고 받아치곤 인상을 한 번 썼더니 냅다 꽁무니를 뺍디다."

위 서방이 웃기에 그를 따라 함께 웃음을 터뜨렸다. 그러나 내 온몸의 신경은 침을 똑바로 세우고 나를 찔러 댔다. 최수용, 그자가 움직이고 있었다. 무엇이 그의 엉덩이를 들썩이게 만든 것일까. 아직은 알 수 없었다. 하지만 조심에 조심을 더해야 한다는 건 분명했다. 위 서방에게 말했다.

"내일 낮에도 우태를 살펴보게. 최 참판 댁에 무슨 일이 있는지도 알아보고."

"알겠습니다."

위 서방이 나간 방 안이 유독 조용하게 느껴졌다. 나는 두 눈을 꼭 감았다. 그러나 이제 더 외면할 수도 미룰 수도 없었다. 눈을 뜨고 이옥의 글을 노려보았다. 최수용, 그자의 움직임은 우태와 관계가 있는 게 분명했다. 그 실마리는 어쩌면 이옥의 글 속에 있을지도 모른다. 서안 앞으로 다가가 앉았다. 심호흡을 하고는 한 장 한 장 종이를 넘겼다. 처음엔 낯설었지만 이내 나는 글에 빠져들었다. 어제와 달리 그의 글들이 머릿속에 들어오기 시작한 것이다. 그의 글은 올가미였다. 올가미는 서서히 나를 조여 왔지만 이상하게도 내 마음은 괴롭지 않았고 내 육신 또한 아픔을 호소하지 않았다. 심신 모두 그 고통을 만끽하고 있을 뿐. 버티고 앉아 읽노라니 놀라운 글들이 이어졌다. 나는 감탄사를 연달아 내뱉으며 글을 읽어 나갔다. 그 많은 글들 중 가장 먼저 나의 이목을 끈 것은 시장의 풍경을 묘사한 「시기(市記)」라는 글이었다. 그 글은 이렇게 시작된다.

내가 더부살이하는 점사는 저자에서 가깝다. 매달 2일과 7일이 들어간 날에는 저자의 소리가 시끄럽게 들려온다. (……) 12월 27일은 장이 서는 날이다. 나는 대단히 심심해서, 문구멍을 통해 바깥 저자의 광경을 엿보았다.

시작부터가 범상치 않았다. 이 글은 이옥이 가장 어려웠던 시절 쓰인 것이었다. 그러니까 기미년(1799)의 일이다. 이옥은 갑작스럽게 임금의 견책을 받게 되었다. 임금이 문제 삼은 것은 그의 문체였다. 과거 시험을 대비하기 위해 연습용으로 쓴 글에 패관소품에나 어울리는 문체를 썼다는 이유 때문이었다. 당사자인 이옥도 놀랐겠지만 나 또한 무척이나 놀랐다. 이옥은 몰락하다시피 한 소북파 집안의 자제였다. 다수당인 노론, 임금의 신임을 받는 남인이 주도하는 정국에 소수 정파인 소북파가 낄 자리는 없었다. 성균관 동료들도 무시하기 십상인 한미한 서생에게 임금이 직접 견책을 내린 것이다. 모두의 시선이 이옥에게 집중된 것은 당연했다. 성균관이 발칵 뒤집혔고 이내 그를 둘러싼 말들이 오갔다. 결론은 쉽게 내려졌다. 이옥은 노론 명문가 자제들의 죄를 대신 뒤집어쓴 것이었다. 김조순, 남공철, 이상황 등 이름만 대면 알 수 있는 귀족 가문의 자제들은 그즈음 소설에 심취해 있었다. 규장각 업무를 보면서도 소설을 읽었고 심지어는 밥을 먹거나 화장실에 갈 때도 소설을 읽었다. 임금은 그런 세태를 늘 못마땅하게 여겼다. 임금은 자신을 만천명월주인옹(萬川明月主人翁)이라 칭했다. '하늘의 달은 하나뿐이지만 그

달은 모든 강물을 고루 비춘다.' 임금 또한 그렇다는 것이었다. 임금의 은총이 사람들 한 명 한 명에게 모두 미치기를 그는 꿈꾸고 또 꿈꾸었다. 만천명월주인옹은 그런 의미에서 성리학의 핵심 가치인 이일분수(理一分殊), 하나의 원리가 세상 모든 사물에 고루 드러난다는 것과 조금도 다르지 않았다. 세종 이래 처음으로 제대로 된 학식과 이념을 갖춘 군주가 등장한 것은 꽤 반가운 일이었다. 문제는 그에게서 세종 같은 아량은 찾아보기 어렵다는 데에 있었다. 임금은 고문의 신봉자이기도 했다. 글이라면 모름지기 인의예지를 다뤄야 하고 그 형식은 당과 송의 것이어야 했다. 사상은 공맹과 주자, 형식은 두보, 이백, 한유의 것이어야 했다. 허무맹랑하고 낯간지러운 사건이 이어지는 소설과 별 가치도 없는 것들을 대단한 것인 양 다루는 이른바 소품류 문장들의 유행은 임금을 긴장시키기에 충분했다. 그런데 다른 이들도 아닌 규장각 각신이라는 자들이 대낮부터 소설을 읽으며 낄낄거리는 꼴이라니. 임금은 대신들 앞에서 노골적으로 불만을 토로하고 그들을 불러다 주의를 주기도 했지만 그 이상 손을 대기는 쉽지 않았다. 혹 노론 측에서 집단으로 반발이라도 하게 되면 오히려 임금이 곤란해질 터. 몇 해 전 연암 박지원의 글 『열하일기』가 퍼지는 것을 보면서도 이렇다 할 조치를 취하지 못한 사태의 이면에는 그런 복잡한 사정이 자리 잡고 있었다. 하지만 이옥은 달랐다. 이옥을 비호할 사람은 눈을 씻고 찾아봐도 없을 터였다. 그러니 만만한 이옥을 대상으로 삼아 화풀이를 했다는 게 사건의 전말을 분석한 이들의 일관된 의견이었다. 상황이 그렇다면 억울하지만 어쩔 수 없었다. 어찌 임금에게 맞서겠나. 기꺼이 감내하는 수밖에. 내가 이옥에게 전한 의견도 그것이었다. 견디게나. 임금은 화가 났을 뿐이야. 얼마 지나면 싹 잊어버리겠지. 알겠나? 임금이 자네를 벌주자고 그러는 것은 아니란 말일세.

이옥에게 충고를 한 나는 발 빠르게 후속 조치를 취했다. 내가 쓴 글들을 손보았던 것이다. 문제의 소지가 있는 글들을 고치거나 없애면서 속으로는 안도의 한숨을 내쉬었다. 정말 다행이었다. 자칫 잘못했으면 이옥이 아니라 내가 걸려들 수도 있었다. 노론당 소속이기는 하나 이렇다 할 문벌은 없는 집안 출신이니 이옥과 크게 다를 바 없는 처지였다. 안동 김씨 가문의 적자 김조순을 막역한 교우로 둔 덕분에 급할 때 비빌 언덕은 있는 셈이나 스스로 조심하는 것이 먼저여야 했다. 이옥도 수긍하는 눈치였다. 그는 고개를 끄덕이고 말없는 웃음을 지어 보였다.

임금의 분노는 생각보다 거셌다. 임금은 관료들을 모아 놓은 자리에서도 이옥을 거세게 비난했다. 일장연설을 선호하는 임금답게 한꺼번에 많은 말을 퍼부었지만 비난의 요지는 이러했다. 이른바 패관소품의 해악은 요상한 학문의 해악보다 더 심한 것이다. 하지만 사람들은 요상한 학문의 해악은 금방 눈치채면서 패관소품의 해악은 도통 깨닫지를 못한다. 어리석고 식견이 부족한데 얕은 재주만 지닌 자들은 패관소품에 쉽사리 빠져든다. 신기한 것만 좋아하는 나쁜 버릇 때문이다. 나는 이렇게 생각한다. 패관소품에 빠져드는 자들은 이내 요상한 학문에도 맛을 들이게 된다. 그러니 더 자라기 전에 그 싹을 없애 버려야 하는 것이다…….

임금은 이옥의 과거 응시를 금지했다. 그러고는 고문의 모범인 사륙문(四六文) 50수를 써서 바치라는 명령을 내렸다. 자신이 원하는 문장인지를 지켜본 후에야 다시 기회를 주겠다는 뜻이었다. 이옥은 납득이 가지 않는다는 표정을 지었다. 패관소품과 요상한 학문이 어찌 그리 쉽게 연결된단 말인가. 그냥 저 좋아하는 것을 읽고 쓸 뿐인데. 자네도 그렇게 생각하나?

물론 나는 그렇게 생각하지 않았다. 그랬다간 밥 한 술, 술 한 잔도 다 요상한 것과 연결될 터였다. 그러나 중요한 건 내 의견이 아니었다. 결국 이옥은 임금의 명령을 따를 수밖에 없었다. 군역의 의무를 다하라는 명령 또한 함께 떨어졌으나 그 벌이 실제 집행될 것 같지는 않았다. 성인을 표방하는 임금이었다. 자신의 밝은 달빛이 온 세상에 두루 비치기를 열망하는 임금이었다. 그런 임금이 일개 서생을 상대로 모진 벌을 가할 이유는 하나 찾을 수 없었다. 대놓고 말하지는 않았으나 모두들 사태의 전개에 초미의 관심을 기울였다. 얼마 후 이옥의 글을 받아 본 임금은 고개를 끄덕이고는 9월에 치러지는 과거에 응시해도 좋다는 윤허를 내렸다. 모두들 그것으로 끝이라고 여겼다. 덕분에 어젯밤에 무슨 무슨 소설을 읽었노라는 쑥덕거림이 적어도 궐내에서는 완전히 사라졌으니 그것으로 임금의 의도는 충분히 달성된 것 같았다. 그러나 일은 그 정도로 마무리되지 않았다. 과거가 치러진 후 임금은 이옥의 글을 보기 원했다. 그의 글을 받아 본 임금은 불같이 화를 냈다. 소설 문체를 쓰는 버릇이 여전히 고쳐지지 않았다는 것이다. 지금 다시 생각해 봐도 이 부분부터는 도통 임금의 마음을 이해할 수가 없다. 왜 임금은 한갓 유생에 불과한 이옥의 글에 그토록 많은 신경을 기울였던 것일까. 문체를 바로잡겠다는 의지는 이해하겠으나 왜 그것을 영향력도 없는 유생을 골라 발휘해야만 했던 것일까. 이옥의 어떤 부분이 성군(聖君)을 꿈꾸는 임금의 심기를 불편하게 했던 것일까. 도무지 알 수 없는 일이다.

임금의 견책을 받은 이옥은 결국 군적에 이름을 올려야만 했다. 군역 면제라는, 양반 자제라면 누구나 누려야 할 혜택을 받지 못하게 된 것이다. 그것을 면키 위해서는 무조건 과거에 급제해야만 했다. 다음 해 이옥은 별시 초시에 응시해 수석으로 합격한다. 대과를 준비하고 있었으니 초시 급제는 일도 아니었을 것이다. 하지만 임금의 의지는 군역을 피하고 싶어 하는 이옥의 열망만큼이나 집요했다. 임금은 이번에도 이옥의 글을 구해다 읽었고 고개를 가로저었다. 이제 일은 커질 대로 커졌다. 이옥의 앞날에는 어두운 그늘이 드리워졌다. 그가 가는 길에 해가 뜰 일은 당분간 없을 터였다. 연이은 불운에 낙심한 이옥은 고향으로 내려갔지만 불행은 늘 한꺼번에 다가오는 법이다. 그를 기다리는 것은 아버지의 죽음이었다. 삼년상을 마친 이옥은 군역을 피하기 위해 백방으로 뛰어다녔으나 그 모든 시도는 허사였다. 임금이 떡하니 버티고 있는 마당에 그 누가 그를 위해 편의를 봐주겠는가. 결국 그는 삼가현으로 내려가 군역의 의무를 다하게 된다. 이옥에게 덧씌워졌던 그 모든 죄가 풀린 것은 경신년(1800) 2월, 어떤 이들은 성군이라고 했으나 그에게는 걸주보다 모질기만 했을 임금이 무슨 까닭인지 그를 사면한 것이다. 간신히 무간지옥에서 벗어난 이옥이 내 어깨에 손을 올리고 한 말이 아직도 귓가에 생생하기만 하다. "나는 큰 거미가 쳐 놓은 거미줄에 걸린 것이라네."

그 말인즉슨 한 나라의 임금이 그에게는 커다란 거미 한 마리에 지나지 않는다는 뜻이다. 한번 걸린 먹이를 놓아주는 법이 없는 크디큰 거미 한 마리. 나는 말없이 고개만 한 번 끄덕였을 뿐이다.

아무튼 「시기」라는 글이 쓰인 것은 기미년(1799) 10월, 고난의 극한을 견디고 있었던 그가 삼가현에 머물 때였다. 나도 모르게 웃음을 머금었다. 이옥에게서 느껴지는 그 특유의 궁상맞음 탓이었다. 장날이면 밖에 나가 구경할 것이지 왜 하필 구멍을 통해 바깥 풍경을 본단 말인가. 글은 이렇게 이어진다.

소와 송아지를 몰고 오는 자, 두 마리 소를 끌고 오는 자, 닭을 안고 오는 자, 문어를 끌고 오는 자, 돼지의 네 다리를 묶어서 메고 오는 자, 청어를 묶어서 오는 자, 청어를 엮어서 늘어뜨려 가져오는 자, 북어를 안고 오는 자, 대구를 가져오는 자, 북어를 안고 대구나 혹 문어를 가지고 오는 자, 담배풀을 끼고 오는 자, 땔나무와 섶을 메고 오는 자, 누룩을 짊어지거나 혹 이고 오는 자, 쌀 주머니를 메고 오는 자, 곶감을 끼고 오는 자, 한 권의 종이를 끼고 오는 자, 접은 종이를 손에 들고 오는 자, 대광주리에 순무를 담아 오는 자, 짚신을 늘어뜨려 들고 오는 자, 새끼로 꼰 신발을 들고 오는 자, 큰 베를 끌고 오는 자, 목면포를 묶어서 휘두르며 오는 자, 자기를 끌어안고 오는 자, 분과 시루를 짊어지고 오는 자, 자리를 겨드랑이에 끼고 오는 자, 나무로 돼지고기를 꿰어

가지고 오는 자, 오른손으로 엿과 떡을 움켜쥐고 먹는 아이를 업고 오는 자, 병 주둥이를 묶어서 허리에 차고 오는 자, 물건을 짚으로 묶어서 가져오는 자, 버드나무 광주리를 짊어지고 오는 자, 소쿠리를 이고 오는 자, 표주박에 두부를 담아서 오는 자, 주발에 술이나 국을 담아서 조심스럽게 오는 자가 있다.

이옥만이 쓸 수 있는 글이었다. 임금이 읽었으면 분기탱천했을 발칙한 글이었다. 임금이 그토록 싫어했던 소설 문체가 제대로 발휘된 글이었다. 임금은 벌컥 화를 내며 종이를 집어 던지고는 이렇게 말했을 것이다. 시장에 사람이 많다고 한 줄만 쓰면 그만일 것을. 쓸데없는 묘사에 그 많은 시간과 정력을 낭비하다니. 글도 형편없지만 종이와 먹과 붓이 참으로 아깝구나.

이것이 바로 이옥의 글이었다. 성리학과 권위, 지엄한 분부와 모진 명령이 끼어들 자리는 그 어디에도 없었다. 소설을 닮은 그 문체로 고생을 자초했으면서도 이옥은 끝내 그 문체를 버리지 않았던 것이다. 하지만 나는 임금이 아닌 이옥의 편을 들 수밖에 없었다. 장날을 이토록 생생하게 묘사한 글을 일찍이 한 번도 읽어 본 적이 없다고 솔직하게 고백해야겠다. 문체? 그건 아무래도 좋았다. 중요한 것은 글의 성취도였다. 이옥의 글은 장날 풍경 그대로를 눈앞에 보여 주는

데 성공한, 훌륭한 글이었다. 글의 마무리 또한 지극히 이옥
다웠다.

　책상에 엇비슷이 기대고 누웠다. 세모이기 때문에 시장이 더욱
활기에 넘친다.

　지칠 대로 지쳐 있는 자신의 속내 따위는 끝내 드러내지 않
는다. 그저 무료하니 시장 풍경을 본 것이고, 다 보았으니 기
대고 누운 것뿐이다. 「시기」가 몰고 온 상념에서 헤어나지
못한 내 앞에 문득 이옥이 나타났다. 젊은 날 나와 함께했던
모습 그대로였다. 나는 침을 꿀꺽 삼키고 눈을 비볐다. 그래
도 이옥은 사라지지 않았다. 손으로 뺨을 두드리고 발바닥으
로 방구석을 두드렸다. 이옥은 부산스러운 내 반응에는 신경
도 쓰지 않고 예의 그 소리 없는 웃음을 지어 보였다. 그가
그렇게 나온다면 나로서도 어쩔 수 없었다. 그저 이 모든 일
이 하나도 어색하지 않은 것처럼 자연스럽게 대할 수밖에.
　자네 마음에 드는가.
　마음에 쏙 드네. 이런 글은 일찍이 읽어 본 적이 없네.
　고맙네.
　자네 아들을 만났네.
　그랬나.

자네를 쏙 닮았더군.

그러니까 아들이겠지. 자, 아들 이야기는 잠시 접어 두세.

알겠네.

그러고는 침묵. 그의 다음 말이 두려웠다. 그가 요구해 올 것이 눈에 빤히 보이는 탓이었다.

그렇다면 이제 자네의 글을 읽어 보고 싶네. 나와 헤어진 뒤 쓴 글들 말일세. 내게 보여 줄 수 있는가.

나는 쉽게 대답하지 못했다. 유배지에서 쓴 글들은 책장 깊숙이 보관되어 있었다. 책장을 열고 글을 꺼내기만 하면 되었다. 엉덩이만 들썩이면 될 일이나 그게 말처럼 쉽지만은 않았다. 유배지에서 쓴 글들을 꺼내 읽는다는 것, 그것은 굳을 대로 굳은 상처 딱지를 뜯어내는 일이었다. 조금만 견디면 흔적조차 사라져, 그러한 상처가 있었다는 것도 깨끗이 잊을 수 있다. 그런데 왜 그 상처 딱지를 떼어 내는 무모한 짓을 해야 한단 말인가. 이옥이 다시 나를 채근했다.

어서 보여 주게나.

내가 보여 주기 전까지는 결코 이 방을 떠나지 않을 기세였다. 벗의 강요가 이어졌다. 이제 내겐 선택의 여지가 없었다. 책장 앞으로 다가갔다. 문을 여는 손이 덜덜 떨렸다. 얼마 되지 않는 종이 뭉치의 무게가 천근처럼 무거웠다. 끙 소리를 내며 종이 뭉치를 서안 위에 올려놓았다. 첫 장을 펼치는 순간 헉 하고 숨이 막혔다. 유배지에 머물던 시절 이우신에게 보낸 편지였다. 이옥이 다가와 내 어깨를 두드리고는 나지막한 목소리로 그 편지를 읽기 시작했다.

막냇자식 상아가 죽었다는 소식을 들었네. 경원으로 유배 가던 때 태어난 자식이라네. 한 번도 본 적이 없으니 죽어서 저승에 간들 그 애가 어떻게 나를 알아보겠는가. 슬픈 일일세. 옛날부터 오늘날까지 살펴봐도 나 같은 불행을 겪은 이가 또 어디에 있겠는가. 나는 아이 때부터 남의 이목에 두드러지게 명예와 절개를 나타내지도 않았고, 옛날 사람들이 창작한 뜻을 이은 저술에 힘을 쓴 것도 아니라서 뒷날에 전할 만한 것도 없다네. 그저 헛되이 살다 부질없이 죽어 가는 사람일 뿐이지. 속담에 이런 말이 있네, 사람은 한 시대를 살고 풀은 한 철을 산다는. 슬프네. 정말 슬프네. 편지를 받고 바로 답장을 하려 했지만 병 때문에 눈이 보이지 않아 붓을 들지 못했다네. 두서없이 갈겨쓴 것을 부디 용서해 주게나.

눈물이 뚝뚝 떨어졌다. 다 잊었다고 생각했지만 실은 하나도 잊지를 못했다. 오래전에 겪었던 고통이 어제 일처럼 가슴 아프게 다가왔다. 이옥이 가는 손가락을 뻗어 내 눈물을 닦아 주었다. 그러고는 내 귓가에 대고 속삭였다.

내가 같이 있어 주겠네.

나는 고개를 끄덕였다. 주먹으로 남은 눈물을 툭툭 닦고는 다음 글을 펼쳤다. 이미 상처 딱지는 떨어졌다. 피는 쉴 새 없이 흐르고 흘러 마침내 방 안을 가득 채웠다. 피의 바다를 터덜터덜 걸어가는 한 남자의 모습이 보였다. 절망과 피로에 찌든 그 남자, 눈가에 짙은 그늘이 드리워진 그 남자는 바로 나였다.

3

부령으로 가는 길

11월 14일

옛날에도 어진 사람 억울한 죄명 썼나니

이내 몸도 덧없이 유배의 길을 떠나는구나.

목 놓아 통곡하니 애간장이 터지는 듯하다.

무심하구나, 저 하늘은. 이 심정을 몰라주네.

경기 감영에서 나온 비장이 나를 양주까지 압송했다. 마소를 부리듯 쉴 새 없이 나를 채근하던 그는 다락원에 이르러서야 잠시 쉬는 아량을 베풀었다. 그는 마루 위에 앉고 나는 마루 밑에 섰다. 그와 나의 위상을 정확하게 반영하는 자리였다. 술 한 잔으로 목을 축이는데 스무 살쯤 되어 보이는 청년이 다가와 웃으며 말을 걸었다.

"경원이라는 데가 그리 나쁜 곳은 아닙니다. 별걱정 안 하셔도 됩니다."

낯선 청년의 위로가 가슴에 와 닿았다. 요 며칠간 들어 본 가장 따뜻한 말이었다. 청년은 내 어깨를 툭툭 치며 한마디를 더 보탰다.

"곧 돌아오시게 될 겁니다. 죄도 없으니 말입니다. 안 그렇습니까?"

그 말을 들은 비장이 큰 소리로 웃음을 터뜨렸다. 청년도 따라 웃었다. 그제야 청년이 나를 비웃고 있다는 사실을 깨달았다. 위 서방이 주먹을 부르쥐고 다가서자 청년은 재빨리 꽁무니를 뺐다. 비장이 몸을 일으켰다. 나는 남은 술을 단숨에 들이켜는 것으로 쓰린 속을 달랬다.

양주에 도착한 것은 한밤중이 되어서였다. 관아에서 조금 쉬려는데 목사 오정원이 아전들을 거느리고 나타났다. 오정원의 고갯짓에 아전들이 다가서더니 나를 동헌에서 끌어 내렸다. 비장이 나섰다. 잠시 엉덩이만 붙이다가 날이 새면 곧바로 떠나겠다고 간청했다. 오정원은 고개를 저으며 지금 즉시 떠나라고 말했다. 오정원의 냉혹한 처사에 나는 할 말을 잃었다. 오정원은 한때 내 이웃에 살았던 사람이다. 오가며 인사를 주고받은 것은 물론 술자리도 몇 차례 함께 한 적이 있었다. 밖으로 나오려는데 아전들이 위 서방에게 달려들어 엽전을 빼앗았다. 위 서방은 내게 해가 될까 싶어 저항도 제대로 하지 못했다. 비장을 보았다. 그는 먼 하늘만 바라보고 있었다. 세상의 인심이 어떠한지 나는 비로소 깨닫게 되었다. 그동안의 나는 우물 안 개구리였다.

11월 15일
시절이 수상하니 처신하기 힘들다.
앞길도 막혔으리니 알아주는 사람 있을 리 없다.
이 세상 사람들에게 내 충고를 건넨다.
귀양 가는 이 행색 누구와 비길 수 있겠는가.

　점심 무렵 포천에 도착했다. 고을 수령인 김동선은 자신의 형과 함께 점심을 먹는 중이었다. 김동선은 나를 동헌 앞에 불러 세웠다. 음식 냄새를 맡으니 저절로 군침이 돌았다. 사흘째 제대로 된 식사는 한 끼도 하지 못했다. 귀를 활짝 열고 기다렸다. 이리 올라와 함께 식사하자는 말 한마디라면 앞으로 평생 그 은혜를 잊지 못할 것 같았다. 헛된 기대였다. 김동선은 권유의 말은커녕 방자한 웃음을 터뜨렸다. 그것도 모자라 자기 형의 귀에 대고 뭔가를 속삭였다. 형은 박수까지 치며 크게 웃고는 이렇게 말했다. “그렇군그래. 그렇단 말이지?”

멀뚱히 서 있는 것이 허수아비 꼴이었다. 김동선은 천천히 식사를 마쳤다. 그래도 아쉬운 듯 밥공기를 서너 번 만지작거린 후에야 상을 치웠다. 그러고는 아전을 불러 명령을 내렸다.

"갈 길이 멀다. 어서 떠나거라."

아전에게 사정사정해 주막에서 떡국 한 그릇을 샀다. 나는 국물만 쭉 마시고는 위 서방에게 그릇을 밀어 주었다. 위 서방이 사양했지만 나는 고개를 젓고 다시 한 번 그에게 그릇을 건넸다. 위 서방이 미안해할까 봐 밖에 나와 기다렸다.

저녁이 되어 영평에 다다랐다. 고을 수령인 박제가가 아전 편에 편지를 보냈다. 위에서 내려온 영(令)이 너무 엄해 만날 수가 없다는 내용이었다. 진심으로 나를 걱정하는 기색이 느껴지는 편지였다. 그 정도로도 눈물이 나도록 고마웠다. 나를 본 아전은 한숨을 내쉬더니 주막으로 데리고 갔다. 고사릿국과 꿩고기 볶음이 나왔다. 갓 담근 술도 함께 나왔다. 유배객이 누릴 수 있는 최고의 사치였다.

11월 16일

거센 여울물 어지럽게 흐른다.

나룻가는 거울을 놓아 둔 듯 평평하다.

떠나는 이들은 원망이 많기 마련인 법.

그렇다 해도 나에 비길 이는 없었을 것이다.

이제 길은 시작인데 내 몸의 기운은 이미 다 빠져나갔다. 몸도 힘들었지만 머릿속은 더 힘들었다. 서울을 떠나는 순간 내가 누렸던 것을 다 포기했다 생각했다. 후회도 다 버렸다 생각했다. 그렇지 않았다. 말 등에 올라 휘청거리며 나아가면서도 나는 끊임없이 왜 하필 내가, 하는 질문을 해 댔다. 나는 늘 영민하게 처신해 왔다고 믿었다. 한때는 내 글에 대한 사람들의 칭찬에 어깨를 으쓱하기도 했다. 열여섯 이른 나이에 사람들에게서 김려체가 탄생했다는 칭찬을 들을 정도였으니 그럴 수밖에. 나는 그 칭찬에 발목 잡히는 우를 범하지 않았다. 이옥이 당한 일은 반면교사가 되었다. 나 좋아쓰는 글일 뿐이었다. 그 글로 인생을 망치고 싶지는 않았다. 내게는 부양할 가족도 있었으므로. 이옥을 동정하기는 했지만 그가 간 인생길을 따라가고 싶지는 않았다. 아마도 이옥은 그런 내 변화를 눈치챘던 것 같다. 어느 날 내게 넌지시 이렇게 말한 것을 보면.

"나는 지금 세상의 사람이라네. 나 스스로 나의 시, 나의 글을 지으니 저 먼 옛날 중국의 문장과 시가 도대체 나와 무슨 상관이겠는가? 그렇지 않은가?"

그 말을 듣는 순간 내가 속으로 혀를 찼다는 것을 그는 몰랐을 터였다. 임금에게 일방적으로 몰리는 상황에서도 그는 자신의 고집을 버리지 않았다. 버리기는커녕 오히려 더 집요해진 느낌마저 풍겼다. 그런 그가 틀리다고 생각하지는 않았지만 중요한 것은 누가 옳고 누가 그른가가 아니었다. 태풍이 몰아치는 날에는 집 안에 틀어박혀야 하는 법이다. 나무가 뽑히고 지붕이 날아가는 그 길을 굳이 걸어갈 이유는 없었다. 길은 사라지지 않는다. 바람 걷힌 맑은 날 다시 걸어가면 될 것이다. 물론 나는 그러한 내 속내를 비치지는 않았다.

그날 뒤로 나는 이옥이 노골적으로 비난하던 그 따분한 고문들을 썼다. 쓰기는 했으나 한숨이 폭폭 터져 나왔다. 고리타분한 형식, 비현실적인 비유, 지금 여기와는 하나 관계없는 낡은 감성……. 그래도 나는 쓰기를 멈추지 않았다. 김려체의 창시자가 그깟 고문을 못 쓸 것은 또 무엇인가. 이왕 쓸거면 남들보다는 더 잘 써야 하지 않겠나. 그 노력의 결과는 이미 밝혀진 터. 한마디로 부질없는 짓이었다. 내게 남아 있는 건 비쩍 마른 말 한 마리와 위 서방, 그리고 눈을 부라리며 나를 감시하는 아전 한 명. 내가 잃은 것은 안온한 거처와 탄탄한 미래만이 아니었다. 나는 글을 잃고 벗을 잃었다. 지금 걷고 있는 것은 김려라는 인간이 빠져나간, 김려를 닮은 허수아비였다.

강줄기가 앞을 막았다. 물속엔 큰 돌들이 여기저기서 삐죽 삐죽 튀어나와 있었다. 집채만 한 것들, 독이나 옹기만 한 것들. 가만히 지켜보고 있으니 돌들은 이빨로 변했고, 강물은 거대한 괴수의 아가리로 변했다. 괴수는 커다란 입을 더 크게 벌리고는 내게 들어오라 손짓했다. 나는 그 이빨들을 똑바로 쳐다보며 강을 건넜다. 보기보다 깊은 강이었다. 허리까지 잠기는 물을 이기려 쉼 없이 말을 채찍질했다. 말은 고통스러운 신음 소리를 내면서도 나를 내치지 않았다. 간신히 강을 건너 모래밭에 털썩 주저앉았다. 괴수가 허허 웃으며 나를 희롱했다. 이번에도 살아남았군. 그런데 자네의 벗은 지금 어디 있는가. 내 배 속에 있는 이 딱딱한 물건이 자네의 벗인가.

억울했다. 답답했다. 모르면 가만히나 있어라. 네놈을 그냥……. 벌떡 일어나 강물에 뛰어들었다. 차라리 네 아가리로 나를 집어삼켜라. 네 말이 맞긴 하다. 난 살아도 산 것이 아니니. 이 더러운 세상에서 더는 살고 싶지 않으니. 물속에서 허우적대는 나를 위 서방이 달려들어 구해 냈다. 다시 모래밭으로 끌려온 나. 눈물이 쏟아졌다. 바람이 불었다. 칼날 같은 바람이 내 눈물을 말려 버렸다. 울음마저도 내겐 사치였다.

11월 17일

꽁꽁 묶인 채로 깊은 산속에 들어왔다.

이대로 죽어도 내 뜻 알아줄 이는 없다.

슬프다. 사람들은 마지막 세상에 살고 있다.

나는 그들에게 정직하게 살라 권하지를 못하겠다.

아침 일찍 김화에 다다랐다. 고을 수령은 민치겸이었지만 수령보다 더 무서운 건 아전 염인서였다. 염인서는 나를 보자마자 침까지 튀겨 가며 험한 말을 내뱉었다. 그 말도 싫었지만 침은 더더욱 싫어 고개를 돌렸다. 처음에는 위 서방이 나섰다가 나중에는 철원에서 나를 압송해 온 아전까지 나서서 그를 말렸다. 염인서는 물러서지 않았다. 이번에는 형방 아전까지 합세해 나를 비방했다. 동헌이 시끄러워지자 비로소 민치겸이 나섰다. 민치겸과는 안면이 있는 사이였다. 아버지 대부터 인연이 있으니 안면이 있다는 말은 관계를 설명하기에 부족했다. 그건 내 생각이었다. 그는 나를 반기지 않았다. 그의 기름진 목소리는 고을 수령의 자리에 잘 어울렸다.

"죄인들이 저렇듯 떠들게 내버려 두다니 너희들은 도대체 무엇을 하는 게냐?"

그 말을 들은 아전들이 다가섰다. 주인의 위세를 등에 업은 그들은 신나게 주먹을 날렸고 나중에는 채찍질까지 해 댔다. 위 서방이 나를 막아섰지만 혼자 힘으로 아전들을 막을 수는 없었다. 나는 정신을 잃었다가 잠시 후 다시 깨어났다.

　저물녘에야 금성에 다다랐다. 고을 수령 김목중이 내게 술을 보내 주었다. 그러나 나를 만나려 하지는 않았다. 그들에게 나는 불행의 씨앗이었다. 모두들 내게 다가서면 큰 병이라도 옮는 듯 몸을 움츠렸다. 유배 길은 배움의 길이었다. 그 길에서 나는 냉혹하고 무심한 세상을 보았다. 차가운 방 안에서 위 서방과 몸을 맞대고 잠을 잤다. 위 서방이 코를 골았다. 나는 그의 등에 더 가까이 다가갔다. 위 서방이 없었더라면 유배 길은 이미 오래전에 지옥 길이 되었을 것이다.

11월 20일

세상은 넓고도 넓다.
그러나 이 한 몸 부칠 곳은 없다.
눈물을 흘리며 대문을 나선다.
날 저문 하늘은 적막하기만 하다.

　길은 끝없이 이어졌다. 한 걸음을 걸으면 고통은 두 배가 되어 나를 몰아붙였다. 며칠 동안 쉬지 않고 내리던 눈이 멎었다. 반가워할 틈도 없이 그 자리를 바람이 냉큼 차고앉았다. 바람은 사람들이 자신을 잊을 것을 두려워했나 보다. 세상의 주인은 바로 자신이라는 걸 각인이라도 시키려는 것처럼 바람은 나무를 흔들고 사람을 흔들고 하늘을 흔들었다. 추위와 눈발 속에서 간신히 버텨 왔던 손발 여기저기가 툭툭 소리 내며 터져 나갔다. 속수무책이었다. 위 서방의 눈가에 도 눈물이 맺혔다. 나도 모르게 입술을 감쳐물었다. 주인 잘 못 만난 죄로 세상 끝까지 오게 된 위 서방이었다. 원망 하나 내비치지 않는 그가 정말로 고마웠다. 끝나지 않는 길은 없 다. 마음속으로 주문을 외웠다. 견디자. 견디자. 조금만 더 견디자.

얼어붙은 강물이 우리 앞에 나타났다. 일 년의 태반을 버티 고 있으니 강물의 주인은 실은 얼음이었다. 터벅터벅 그 강 위를 걸었다. 투두둑. 깜짝 놀라 뒤를 보았다. 방금 디뎠던 얼음이 사라진 자리에는 검은 구멍만이 남아 있었다. 삶과 죽음의 경계는 멀리 떨어져 있지 않았다. 필요한 것은 단 한 발짝뿐. 그 한 발만 내디디면 세상은 숨겨 왔던 그 거대한 죽 음의 아가리를 드러낼 것이다. 이옥의 말이 머릿속을 때렸 다. 나는 큰 거미가 쳐 놓은 거미줄에 걸린 것이라네. 그 거 미는 구중궁궐에만 있는 것이 아니었다. 세상은 사람의 것이 아니라 거미의 것이었다. 위 서방이 멍하니 상념에 빠진 나 를 잡아끌었다. 조금만 늦었다면 이번에야말로 제대로 강바 닥에 처박힐 뻔했다.

강을 다 건넜어도 죽음의 그림자는 떨어지지 않았다. 나를 맞이한 것은 얼어 죽은 시체였다. 채 자라지도 못한 소년 하나가 몸을 웅크린 채 죽어 있었다. 진저리를 쳤다. 죽은 것은 소년 하나뿐이 아니었다. 얼어 죽은 시체는 곳곳에 널려 있었다. 검은 새가 아쉬운 마음에 입을 쩝쩝거리며 하늘로 날아갔다. 무심한 세상이었다. 내가 어깨에 힘을 주고 글을 쓸 때 세상은 사람을 죽이고 있었다. 내가 고개를 갸웃거리며 임금의 의중을 짐작하려 애쓸 때 세상은 눈과 바람으로 자신의 지배권을 확고히 다지고 있었다. 이 거친 세상에서 글이란, 사람이란 도대체 무엇일까. 김려는 무엇이며, 이옥은 또 무엇이며, 임금은 또 무엇일까. 머릿속이 하얗게 되었다. 세상이 사라지고 나는 그대로 정신을 잃었다.

다시 눈을 뜬 내 앞에는 홍주 한 병과 국수 한 그릇, 붉은 고기 한 덩이가 놓여 있었다. 꿈을 꾸고 있는 것이 분명했다. 나를 현실로 되돌린 것은 남자의 굵은 목소리였다.

"정신을 차리셨군요. 어서 드시고 기력을 회복하십시오."

이야기를 몇 마디 주고받은 끝에야 내가 처한 상황을 파악했다. 내 앞에 앉은 이는 원산의 부호 남이곤이었다. 쓰러진 나를 들쳐 업고 어쩔 줄 몰라 하는 위 서방을 본 그가 자신의 집으로 우리를 안내한 것이었다.

"괜한 폐를 끼치는 것은 아닌지……."

"폐라니요. 험한 길 가는 선비님을 대접하는 것은 당연히

해야 할 도리 아니겠습니까?"

하마터면 눈물이 왈칵 쏟아질 뻔했다. 유배 떠난 후 처음 받아 보는 사람대접이었다. 꽁꽁 얼어붙었던 마음 한구석이 저절로 녹았다. 남이곤은 내게 술 한 잔을 건넸다. 그러고는 한숨을 쉬며 이렇게 말했다.

"보아하니 약골의 선비시로군요. 쯧쯧, 그 얇은 무명옷으로 어찌 먼 길을 가려 하십니까? 나라님도 참. 이렇게 추운 날 사람을 밖으로 내보는 데가 어디 있습니까? 그런 임금이라니……."

내 곁엔 아전이 눈을 크게 뜨고 앉아 있었다. 남이곤은 그의 반응에는 신경도 쓰지 않았다. 듣는 내가 오히려 절로 몸이 움츠러들었다. 남이곤은 위 서방에게도, 아전에게도 술 한 잔을 건넸다.

"고생들이 많네. 한잔 쭉 들이켜게나."

아전은 고개도 까딱하지 않고 한 손으로 잔을 받아 마셨다. 남이곤은 그런 무례에도 눈 하나 꿈쩍하지 않았다.

"세상 살다 보면 뜻밖의 어려움을 겪기 마련입니다. 힘들더라도 이겨 내셔야지요. 필요한 건 뭐든 말씀하십시오. 힘닿는 대로 도와드리겠습니다."

고마웠다. 그러나 내게도 염치는 있는 법이다. 무턱대고 도움을 청했다가는 나중에 남이곤을 곤란에 빠지게 할 수도 있었다. 고개를 숙여 감사를 표했다. 급히 편지 한 장을 써서 그에게 주었다.

"집으로 보내 주셨으면 합니다. 이 은혜 잊지 않겠습니다."

"은혜라니요. 사람이 해야 할 도리인 것이지요."

더 머물고 싶었지만 아전의 눈매가 만만치 않았다. 밖으로 나오려는데 남이곤이 내 손을 꼭 잡으며 이렇게 말했다.

"우선은 살아남으세요. 그게 중요합니다. 나중에 다시 한번 만납시다."

살아남으라. 그건 그저 괜한 인사가 아니었다. 나는 그의 손을 꼭 잡았다.

"살아남겠습니다. 꼭 살아남으렵니다."

11월 22일

옛 선배들 가르치기를

작은 마을에도 인물은 나기 마련이다.

호송군 신희욱은 훌륭한 사람.

그대의 뜻과 기상은 정말로 뛰어나다.

남이곤과의 만남은 단순한 만남이 아니었다. 세상 끝에도 사람은 살고 있었다. 임금에게 낙인찍힌 죄인을 그는 죄인처럼 대하지 않았다. 그의 앞에 선 것은 죄인이 아니라 죽어 가는 사람이었다. 다시 이옥을 떠올렸다. 나는 그를 어떻게 대했는가. 피나도록 입술을 깨물었다.

새로운 아전이 동행했다. 그의 이름은 신희욱. 유독 그의 이름을 밝히는 사연은 이렇다. 나는 초면부터 그에게 신세를 졌다. 그를 만나자마자 두 발에 힘이 풀렸고 나는 그대로 쓰러졌다. 신희욱은 나를 업고 방에 눕혔다. 그것만이 아니었다. 밖으로 나가더니 죽 한 그릇과 술 한 사발을 가져왔다. 몸을 일으켜 음식과 술을 비우니 잠이 몰려왔다. 나는 곰처럼 잠을 잤다. 새벽녘 문이 열리는 소리를 듣고 잠이 깼다. 신희욱이 들어와 내 이마를 만져 보았다. 내가 눈을 뜬 것을 그제야 눈치챘다. 그는 쑥스러운 웃음을 지으며 방을 나갔다.

다음 날 다시 길을 떠났다. 신희욱은 여태껏 만났던 다른 아전과는 종자부터 다른 사람이었다. 대개 아전은 독버섯 같은 존재였다. 아전이 나타나면 동네 사람들은 개똥 피하듯 슬금슬금 멀어져 갔다. 아전의 눈에 띄었다간 이것저것 뜯기기 십상이었으므로. 신희욱은 아전답지 않은 아전이었다. 그는 무엇을 요구하는 법이 없었다. 자신의 돈으로 음식을 사 먹고 거처를 잡았다. 멀어졌던 마을 사람들이 한 발짝씩 다가왔다. 농담과 웃음이 오고 갔다. 아전 앞에서 대놓고 웃는 사람들을 처음으로 보았다. 가슴 한구석 벽이 허물어졌다. 여정과 함께 드러나는 사람들의 속살은 나를 당황스럽게 만들었다. 길 내내 서울을 그리워했다. 그러나 그 서울에서도 이런 모습은 찾기 어려웠다. 고통으로 점철된 세상에서도 제 인정을 버리지 않는 사람들은 분명 존재했다.

해가 질 무렵 고원군에 도착했다. 군수는 냉정했다. 배를 채울 시간만을 준 뒤 곧바로 떠나보냈다. 신희욱과도 헤어져야 할 시간이었다. 새로운 아전이 나타나자 신희욱은 눈물을 흘리며 내 손을 꼭 잡았다.

"내 드릴 말씀은 없고요, 몸조심하십시오. 그저 이 한마딥니다."

할 말을 잃은 나는 잡은 손에 힘을 더할 뿐이었다. 그는 살며시 손을 빼낸 뒤 위 서방을 불러 무엇인가를 속삭였다. 위 서방이 깜짝 놀라며 손을 뿌리쳤다. 무슨 일인가 싶었지만 이미 신희욱은 멀어진 참이었다. 위 서방이 다가와 내게 속삭였다.

"아 글쎄, 돈 백 닢을 주고 가네요. 주막에서 술이라도 사 드시라고요."

신희욱이 돌아보며 소리쳤다.

"부디 몸조심하십시오."

눈발이 휘날렸다. 바람도 여전히 거세게 불었다. 그러나 내 마음은 전만큼 춥지는 않았다. 나는 그가 보이지 않을 때까지 그 자리를 굳게 지키고 섰다. 이전까지 없던 그 무언가가 내 마음에서 자라나기 시작했다.

아아! 촌구석에서만 살아온 내가
참으로 시원하게 장관을 본다.
이것도 나라의 은혜 덕분이다.
뜨거운 눈물이 줄줄 흘러내린다.

남이곤과 신희욱은 내게 희망을 선물로 주었다. 포기 상태였던 나는 그들로 인해 새로운 힘을 얻었다. 변한 것은 없었다. 수령은 냉엄한 얼굴로 나를 대했고, 아전은 가는 길 내내 나를 비웃고 괴롭혔다. 달라진 건 내 마음가짐이었다. 전처럼 견디기가 어렵지 않았다. 나를 멀리하고 비웃는 그들을 오히려 측은히 여기게 되었다. 길에서 마음을 비우자 그 자리를 이옥이 차지했다. 가족보다도 가장 먼저 떠오르는 이가 이옥이라는 사실에 새삼 놀랐다. 이옥의 글 하나가 함께 딸려 올라왔다. 이옥은 군역의 의무를 다하기 위해 험한 땅으로 가면서도 글쓰기를 멈추지 않았다. 그의 여정을 줄곧 함께한 것은 그가 쓴 글들이었다. 다른 벗을 통해 그가 지은 글을 전해 받은 적이 있었다. 그 글을 읽다가 얼마나 놀랐던지. 지금 내 머리를 채운 건 바로 그 글이었다.

전주 동쪽 종남산 아래, 송광사라는 절이 있다. 외문의 기둥은 채색을 하였으되, 대패질은 하지 않았다. (……) 나한전을 보니 나한은 오백 이상이다. 눈이 물고기같이 흐린 것, 눈썹을 드리운 것, 봉새처럼 둘러보는 것, 눈 감고 자는 것, 눈두덩이 불거진 것, 눈동자가 튀어나온 것, 부릅뜬 것, 흘겨보는 것, 곁눈질하며 웃는 것, 닭처럼 성내며 보는 것, 세모난 것이 있다. 눈썹은 칼처럼 날카로운 것, 나비의 더듬이처럼 갸름하고 아름답게 생긴 것, 굽은 것, 긴 것, 몽당비 같은 것이 있다.

나한에 대한 묘사는 끝도 없이 이어질 듯했다. 오백 나한 하나하나의 특징을 기어이 다 쓰겠다는 것처럼. 나는 거기까지 읽고 그만두어 버렸다. 이유는 단 한 가지였다. 그의 기운이 내 몸에 스며드는 것이 두려웠다. 나는 이옥의 무리가 되고 싶지 않았다. 다른 누구도 아닌 김려가 되고 싶었다. 난 김려 그 자체여야 했다. 그리고 몇 해가 지난 후 나는 그가 갔던 길보다 더 험한 길을 걷고 있다. 그때는 몰랐다. 그의 길을 따르는 것으로도 모자라 더 큰 고생을 겪을 줄을. 후회가 되었다. 나는 왜 이옥의 글을 끝까지 읽지 않았던 걸까. 궁금했다. 오백 나한의 특징을 하나하나 열거한 뒤 이옥은 어떻게 글을 마무리 지었을까. 그렇듯 하나하나 지루할 정도로 나열해 간 그의 심중은 도대체 무엇이었던가. 나한은 도대체 그에게 무엇이었던가. 이옥을 만나야 들을 수 있는 내용일 터였다. 그런 미래는 왠지 다가오지 않을 것만 같았다. 여태껏 묵묵히 걷기만 하던 아전이 입을 열었다.

"여운대나 보고 갑시다. 특별히 은혜를 베풀어 주는 거요."

아전의 은전에 힘입어 여운대 정상에 섰다. 심드렁했던 마음은 이내 사라졌다. 떠오르는 그 태양을 뭐라 표현해야 하나. 조금 전만 해도 캄캄한 바다였는데 이제 자줏빛과 황금빛이 겹쳐 검은 바다를 압도하고 있었다. 숨이 턱 막혔다. 이것이 정녕 매일 떠오르는 태양이란 말인가. 임금은 달빛을 말했지만 세상을 밝히는 것은 달이 아니라 태양이었다. 깨달음 하나가 이마를 뚫고 머릿속으로 들어왔다. 이 세상은 나 혼자 사는 게 아니었다. 내가 오늘 하루를 견뎌 나가는 것은 온 천지와 함께였다. 아전의 한마디가 산통을 깼다.

"임금님께 감사드려야지. 다 살아남아 있으니까 이런 장관도 보는 게 아니겠소?"

아전의 말이 맞았다. 유배 길이 아니었더라면 내가 어찌 이런 장관을 보았겠는가. 임금의 은혜는 크고도 컸다. 임금이 아니었더라면 나는 서울 하늘이 전부인 줄만 알고 세상을 살아갔을 테니. 임금은 생각지도 않은 은혜를 내게 베푼 셈이었다. 나는 이제는 하늘 위로 불쑥 솟아오른 태양을 보며 중얼거렸다.

"기상, 자네가 나한에게서 본 것은 도대체 무엇이었나? 혹여 이것은 아니었나?"

11월 30일
서울 양반답게 곱고 수려하시구려.
무슨 죄를 지었기에 유배 길에 나섰는가.
나라님이 밝은 눈으로 세상을 살피시니
앞날에는 아마도 허물 없을 것이오.
부질없는 근심은 이제 그만두시오.
은혜로운 나라 명령이나 기다리시구려.

길 떠난 지 보름이 넘었지만 경원은 아직도 멀었다. 온몸이 부서질 지경이었으나 멈출 수 없는 길이었다. 곡구 역을 지나는데 말 한 마리가 우리 곁에 섰다. 감영에서 온 파발마였다. 무슨 일인가 싶어 걸음을 멈추었다. 말에서 내린 관원이 우렁찬 목소리로 공문을 읽었다.

"경원부로 정배된 죄인 김려를 부령으로 옮겨라. 급히 시행할 것을 명하노라."

무슨 일인가 싶어 걸음을 멈추고 지켜보던 마을 사람들이 하나둘 내게 다가와 손을 내밀었다.

"정말 잘됐소. 경원에 비하면 부령은 무릉도원이오."

“그럼, 그렇고말고. 이제 하는 말인데 경원에서 죽어 간 이들이 하나둘이 아니라오.”

“부령에 가거든 살찐 붕어를 꼭 맛보시오. 고놈이 참 별미라니까.”

관원도 입이 근질근질했던지 한마디를 보탰다.

“유배지를 바꿔 주는 일은 고금에 드문 성은이오. 임금께 감사를 드리시게나.”

그 말이 아니더라도 나는 감사의 절을 할 참이었다. 남쪽을 향해 절을 올리는데 눈물이 절로 흘렀다. 조금 전까지만 해도 의심 없이 받아들였던 경원행이었다. 그런데 지금 경원은 사람이 갈 수 없는 오랑캐의 땅처럼만 여겨졌다. 인간의 마음이란.

즉석에서 술자리가 펼쳐졌다. 관원과 아전은 물론 마을 사람들도 한데 모여들어 먹고 마셨다. 지나가던 사람들도 무슨 일인가 싶어 고개를 내밀고는 함께 먹고 마셨다. 하나의 작은 축제였다. 한참이 지난 뒤에야 나는 사태의 전말을 들을 수 있었다. 나를 위해 힘써 준 이는 다름 아닌 형조 판서 조심태였다. 조심태가 청을 올리자 임금도 그대로 받아들였다는 것이다. 화성 건설 책임자로 이름을 얻은 조심태는 임금이 가장 총애하는 관료였다. 심문할 때 마주친 것을 제외한다면 일면식도 없는 사이였다. 한미한 가문 출신인 내게까지 그가 신경을 써 줄 이유는 없었다. 아마도 김조순일 터였다. 겉으로 나설 수는 없는 형편이니 알음알음을 통해 조심태에게 청을 넣었으리라.

사태의 전말이 어찌 되었건 고마운 일이 아닐 수 없었다. 임금에 대해서도 다시 생각하게 되었다. 어쩌면 임금은 진정으로 나를 벌주려던 것은 아닐 수도 있었다. 꼭 경중을 가리자는 것은 아니지만 이옥에 비해 내 죄가 특별히 무거울 이유는 없었다. 무엇보다도 난 임금의 뜻을 직접적으로 거스른 적이 없었다. 길은 아직 멀었다. 유배는 채 시작된 것도 아니었다. 그렇지만 내 마음은 달라졌다. 나는 처음으로 희망이라는 것을 갖게 되었다. 내 인생은 아직 끝나지 않았다.

12월 1일

어려운 때 만나니 주역의 둔괘가 생각난다.

억울한 말 들어도 빌지 않는 공자가 마냥 부럽다.

옛 스승 이런 말을 남겼다.

제 몸 깨끗이 보전하는 것이 귀하고 귀하다.

앞날은 오기 마련이다.

부질없이 조급하게 굴지 말아야겠다.

지나치게 마음을 놓은 탓일까. 길은 내 안일한 마음에 제대로 된 반격을 가했다. 한때 주춤했던 눈발은 만회라도 할 듯 한꺼번에 쏟아졌고, 광풍이라 불러 마땅할 바람이 땅 위의 것들을 매섭게 몰아쳤다. 말을 탈 수 없는 것은 물론이고, 한 걸음 내딛기도 힘들었다. 그러나 멈춰 설 수 없는 것이 유배객의 운명이었다. 묵묵히 걷고 또 걸을 수밖에. 비처럼 퍼붓는 눈발에 세상은 제 모습을 잃었다. 얼어 터진 손발에 내 몸 또한 제 모습을 잃은 지 오래였다. 나를 이끄는 것은 손발이 아니라 희미한 정신이었다. 나도 모르는 힘에 이끌려 그저 걸음을 내디뎠다. 마지막 힘을 다 끌어모아 고개 위로 오르니 거짓말처럼 날씨가 일변했다. 눈은 뚝 그쳤고, 바람도 잦아들었다. 이해할 수 없는 이 세상의 일들. 말 등에 몸을 맡기는 것만으로도 살 지경이었다. 그러나 나 혼자만이 말을 타고 있다는 사실이 가슴 한쪽을 짓눌렀다. 그렇다고 위 서방을 태울 수는 없는 일. 슬며시 말에서 내렸다. 위 서방이 묻는다.

"어디 불편하신가요?"

나는 고개를 저었다. 위 서방은 영문을 모르겠다는 표정이었지만 지친 그에게 꼬치꼬치 캐물을 기력은 없었다. 말에서 내리자마자 후회가 밀려들었다. 그러나 이미 저지른 일이었다. 어서 빨리 쉴 만한 곳이 나타나기만을 바랄 뿐이었다.

다행히 멀지 않은 곳에 주막이 있었다. 좁고 누추한 주막에는 이미 객들이 가득했다. 방에는 자리가 없어서 처마 밑을 파고들었다. 그러나 처마는 피난처가 되지 못했다. 잠시의 휴식으로 다시 힘을 얻은 바람은 더 거세게 불었고, 친구를 외면할 줄 모르는 우정을 지닌 눈발도 두 손 들고 동참했다. 가만히 서서 매질을 당하는 꼴이니 차라리 걷는 게 나을 듯싶었다. 아전의 생각 또한 나와 같았다.

"오 리만 더 가면 마을이 나옵니다. 가시는 게 어떻겠소?"

고개를 끄덕이고 말고 할 것도 없었다. 한 걸음씩 눈길을 헤쳐 나가는데 날까지 어두워져 아까보다 더 어려웠다. 새삼 두려움이 몰려왔다. 작은 일에 기뻐한 대가치고는 감당하기가 어려웠다. 주역의 둔괘가 생각났다. 힘들수록 정도를 지켜야만 했다. 그걸 지키지 못하니 이내 환난이 닥쳐오는 것이다. 물러 터진 내 마음을 탓하며 걷고 있는데 갑자기 발밑이 푹 꺼졌다. 으악.

좁다란 다리 위에서 굴러떨어져 버렸다. 얼음에 굴러 충격을 줄인 것이 천만다행이었다. 일어나 옷을 털려는데 위 서방이 저 앞에서 크게 굴렀다. 나를 보고 놀라서 서둘러 내려오다 미끄러진 것이다.

"나는 괜찮네."

위 서방은 아무 말도 못 하고 고개만 끄덕였다. 고난은 그것으로 끝이 아니었다. 미끄러지고 구덩이에 빠지고 나무에 부딪히고 돌부리에 차였다. 처음에는 놀랐지만 몇 번 지나고 나니 아무렇지도 않게 되었다. 세상의 무서움을 몸으로 체험하던 우리를 구원한 건 저 멀리 보이는 민가의 작은 불빛이었다. 이제 살았다는 생각이 들었다. 남이곤과 신희욱은 아니더라도 인정 많은 주인장이 따뜻한 밥 한 술은 대접하겠지. 나는 군침을 꿀꺽 삼키고는 불빛을 향해 걸어갔다. 그러나 세상은 이번에도 나의 기대를 배반했다.

"이 밤중에 방이 어디 있다고 그래."

노인은 완고했다. 아전이 어르고 달랬지만 꿈쩍도 하지 않았다. 목석같은 노인은 마지막 순간 위 서방의 눈물을 보고서야 겨우 마음을 바꾸었다.

"조용히 쉬기만 해. 귀찮게 하지 말고."

방은 냉골이었다. 얼어붙은 옷가지는 녹지도 않았고, 사정 모르는 뱃가죽은 쉴 새 없이 아무거나 넣어 달라는 신호를 보냈다. 눈을 감으니 눈물이 맺혔다. 부령도 이렇게 먼데 경원은 얼마나 먼 곳일까. 아, 어서 이 지옥을 벗어났으면. 누추한 거처라도 좋으니 한군데 발붙이고 살 수만 있게 되었으면. 슬픔에 잠긴 내 곁에 거미 한 마리 다가와 속삭인다.

"기린은 붙잡을 수 없고 봉황은 유인할 수 없는 법이오. 군자는 도리를 알기에 오랏줄에 묶여 감옥에 있는 것이 재앙이 될 수 없소. 아무쪼록 이것을 잘 보시고 삼가고 힘쓰시기 바라오. 스스로의 이름을 팔지 말고 스스로의 재주를 함부로 자랑하지 말며, 이익을 추구하다가 재앙을 부르지 말고 재물 때문에 죽지 마시오. 스스로 똑똑한 채 망령되이 굴지 말고, 남을 원망하거나 시기하지 마시오. 땅을 잘 가려서 디딜 만한 곳인지를 알아본 뒤 발을 내디디고, 때에 맞추어 갈 때 가고 올 때 오도록 하시오. 알겠는가."

나도 모르게 대꾸가 튀어나왔다.

"그렇지 않으면?"

거미는 낮은 목소리로 대꾸한다.

"그렇지 않으면 세상에는 나보다 훨씬 큰 거미가 있다는 걸 알게 되겠지. 그 그물은 내가 쳐 놓은 경계보다 천만 배는 더 크다오, 흐흐흐. 이제 알아들었는가."

끽끽거리는 괴상한 웃음소리에 화들짝 놀라 눈을 떴다. 캄캄한 밤, 모두들 잠이 들었다. 나를 노려보던 살찐 거미 한 마리는 어둠 속으로 스르륵 사라진다. 바람 소리가 여인네 곡소리처럼 구슬펐다. 어쩌면 그 소리는 내 가슴속 통곡 소리일지도 몰랐다.

12월 7일

살고 죽는 것에 다른 이치는 없다.

처음과 마지막은 원래 한가지다.

구차하게 모면하려는 것은 소인들의 행동이다.

덕이 있는 사람이라면 그 한계를 넘어서지 않는다.

이제 이삼일이면 여정도 끝이었다. 끝물이라고 여정이 편안해지는 것은 아니었다. 그래도 다행인 것은 험한 길에 이력이 난 몸이라 내 의지와는 무관하게 잘도 움직인다는 사실이었다. 그렇듯 습관처럼 발을 내디뎌 귀문관에 이르렀다. 온통 붉고 검은 마을이었다. 헐벗은 봉우리도 붉었고, 내 종아리의 핏덩이도 붉었다. 바닥은 개흙처럼 검었고, 사람들의 안색은 귀신처럼 어두웠다. 아전이 냅다 웃으며 내뱉은 말 또한 붉고 검은 혀를 닮았다.

"잘 오셨소. 예로부터 이 고장은 죽음의 관문이었소. 유배 가는 이치고 이 산에 이르러 목 놓아 울부짖지 않는 이를 못 봤소. 산 사람은 반드시 시체 되고, 요행수로 더 가더라도 살아온 이는 없지."

그깟 말쯤 흘려들으면 될 것을 나는 그만 울컥하고 말았다.

"그런 말에 두려워할 줄 알았는가? 벌벌 떨며 살아 무엇하며, 비굴하게 죽어 무엇하리? 죽음이 닥치면 내 담담히 맞을 테니 그쪽에서는 걱정일랑 잡아매시게나."

내 대답이 무엇이 그리 우습다고 그는 쉴 새 없이 낄낄거렸다. 겉으로는 담담한 척했지만 내 속은 들끓었다. 나는 세상 끝에 다가서고 있었다. 인륜도 도덕도 없고, 시와 문장은 더더욱 없으리라. 이곳에서 살아갈 생각을 하니 눈앞이 캄캄해졌다. 그래도 견디리라. 좌절하는 순간 내 인생은 그대로 결딴 나고 마는 것이니.

나는 그가 낄낄대는 것을 지긋한 눈으로 바라보았다. 마음이 편안해졌다. 이제 됐다. 스스로가 뿌듯했다. 나는 견딜 준비가 된 것이다.

12월 10일

유배 길을 떠난 지 27일 만에 부령에 이르렀다. 이 문장 하나에 얼마나 많은 고통이 숨겨져 있는지 짐작할 이는 없을 터였다. 길 끝에 도달해서야 비로소 뒤를 돌아보았다. 육신의 고통은 끊임없이 나를 괴롭혔다. 손발이 얼어 살점이 떨어졌고, 온몸에 상처가 났다. 한 바가지나 되는 피를 매일 토하니 그것만으로도 견딜 수 없는 지경이었다.

그보다 더한 것은 사람들이 주는 고통이었다. 냉엄한 관리들, 그 관리들보다 더 모질었던 아전과 하인 들. 남이곤과 신희욱이 아니었다면 나는 사람에 대한 신뢰를 완전히 접었을 것이다.

육신과 사람보다 더 고통스러운 것은 내 마음이었다. 끊임

없이 마음을 다잡으려 애를 썼지만 울화가 터져 나오는 것은 한순간이었다. 일단 그 울화가 터져 나오면 아무것도 보이지도, 들리지도 않았다. 몸속에서는 피가 끓고 벌레가 파닥파닥 날아다녔다. 그 고통의 귀결은 핏덩어리였다. 그러니 핏덩어리는 육신의 고통이되 정신의 고통이기도 했다. 핏덩어리를 보면 나는 완전히 정신을 놓곤 했다.

27일의 여정을 떠올려 보았지만 기억나는 산도, 강도 없었다. 말 위에 앉아 있었지만 실은 옥에 있는 것과 똑같았다. 나는 말 등에 탄 수인(囚人)이었다. 그나마 다행인 것은 이제 모든 여정이 끝났다는 사실이었다. 내 마음을 다스려 남은 날들을 평안 속에 보내야만 하리라. 그렇듯 덕을 쌓고 또 쌓으면 유배가 끝나는 날은 반드시 오리라. 나는 소인이 아니라 군자다.

4

이옥의 아들에게 매질을 하다

이른 저녁 위 서방을 데리고 조씨 할멈의 주막으로 갔다. 우태를 만나기 위해서였다. 그러나 우태는 보이지 않았다. 위 서방은 미안해했지만 그럴 필요까지는 없었다. 오래간만에 위 서방과 술을 마실 수 있는 좋은 기회가 저절로 만들어진 셈이었다. 유배에서 돌아온 후 위 서방과 단둘이 술자리를 갖기는 이번이 처음이었다. 마루에 걸터앉아 술을 시킨 후 위 서방을 불러 내 앞에 앉혔다. 위 서방은 불편해하는 기색이 역력했다. 거듭 괜찮다고 말해도 술 한 잔 똑바로 들이켜지 못했다. 나는 위 서방에게 눈을 부릅뜨며 불호령을 내렸다.

"자네가 지금 술자리의 흥을 다 깨고 있다는 것은 알고 있는가?"

"송구합니다. 하지만 현감 나리랑 둘이서 대작을 한다는 게……."

"지금 난 현감의 신분으로 자네와 술을 마시는 게 아닐세. 오랜 세월 함께해 온 벗으로서 자네를 대하는 것이란 말일세."

"벗이라니요, 당치 않습니다."

위 서방은 급하게 손을 내저었지만 벗이란 말에 고무된 것은 표정에도 역력히 드러났다.

"어릴 때부터 늘 내 곁을 지켜 왔지 않나? 자네가 내 벗이어서 안 될 이유가 뭐가 있는가?"

"말씀만이라도 고마울 따름입니다."

지기(知己)로 치면 위 서방만 한 지기도 없을 터였다. 그를 처음 본 건 열 살도 되기 전의 일이었다. 농사꾼의 아들이었던 그는 부모를 전염병으로 잃은 후 우리 집에 오게 되었다. 왜 하필 우리 집이었는지는 알 수가 없다. 나이는 나보다 한 살 어렸지만 또래 아이보다 머리 하나는 더 컸던 그는 그날부터 내 곁을 지켰다. 작은 키 때문에 늘 놀림 받기 일쑤이던 내게 그는 든든한 버팀목이 되어 주었다. 또한 그는 내가 읊는 되도 않는 글을 듣는 첫 번째 청중이기도 했다. 그의 한마디를 듣고 글을 고친 기억만도 수십 번이다. 물론 자라면서 더 이상 그의 조언을 따르지는 않게 되었지만. 내가 점차로 그의 도움을 필요로 하지 않게 되자 그는 남는 시간 동안 무술로 몸을 단련했다. 하지만 이상한 것이 하나 있었다. 무과를 보겠다고 해 놓고 정작 시험에는 한 번도 응시하지 않았던 것. 언젠가 그 이유를 물었을 때도 그저 준비가 덜 됐다고 쑥스럽게 말하며 머리만 긁적였을 뿐이다. 그의 큰 덩치와 갈고닦은 무술 실력은 결국 유배 길 내내 내게 큰 도움이 되었다. 그가 없었다면 유배 길은 상상하기도 싫은 끔찍한 지옥이 되었을 테니.

위 서방은 내가 건네는 술을 더 이상 사양하지 않았다. 서너 잔을 거듭 들이켜자 위 서방의 얼굴색도 붉어졌다. 위 서방도 세월의 힘 앞에서는 무력했다. 백 잔의 술도 단숨에 마실 수 있다고 큰소리쳐 대던 위 서방이 지금은 서너 잔에 얼굴색을 붉히고 있었다. 위 서방이 따라 준 술을 비우고 그에게 넌지시 물었다.

"자네 부령이 그립지는 않은가?"

위 서방의 눈이 동그래졌다. 그는 나지막이 한숨을 내쉰 뒤 입을 열었다.

"그립다, 거참 그렇지요, 이상하게 그 시절이 그립지요. 저야 왔다 갔다 한 터라 나리에 비하면 오래 머문 것도 아니지만서도. 때때로 그 시절을 떠올리면 이상하게도 가슴이 짠해

지고 눈가에 이슬이 맺힙니다. 국보, 익보, 문성 같은 벗들도 가끔씩 생각이 나고요. 그때는 왜 그렇게 술을 많이 마셨는지. 항아리째 벌컥벌컥 들이켜는 게 하나 흠될 것 없던 시절 아니겠습니까?"

국보, 익보, 문성은 부령의 아전이었다. 나는 그들을 통해 아전은 인간도 아니다, 라는 생각에서 비로소 벗어날 수 있었다. 인간 이하의 아전들도 많았지만 피가 흐르는 따뜻한 마음을 지닌 아전들도 분명 존재했다. 아전을 하는 건 주로 양민들이니 분명 양반에 비하면 격이 떨어져도 한참 떨어진다. 서울에 있었다면 아전과 어울려 술을 마실 생각은 아예 하지도 않았을 터였다. 그러나 부령에서는 달랐다. 나를 알아주고 내게 손을 내미는 사람이면 누구나 벗이 될 수 있었다. 지금이야 술 한두 잔이 고작이지만 그때는 나도 두주불사였다. 아련한 그리움이 몰려왔다. 위 서방의 눈가에 눈물이 맺혔다. 소맷부리로 눈을 훔치며 말을 이었다.

"국보 놈, 몸은 괜찮은지. 하루 백 잔씩 먹어 댔으니 장사라도 견뎌 내겠습니까? 술 먹는다고 가슴 아픈 세상이 사라지는 것도 아닌데, 휴. 술과 함께 먹었던 꿩고기도 생각나네요. 불에 살짝 구운 꿩고기는 왜 또 그렇게 맛이 있었는지. 정말 그립습니다. 나리, 부탁 하나 드려도 되겠습니까?"

"뭔가?"

"그때 술자리에서 읊었던 글 좀 다시 읊어 주실 수 있겠습니까? 그들의 눈에서 눈물을 쏙 빼 놓았던 바로 그 글 말입니다."

나는 위 서방이 무엇을 말하는지 금방 알아챘다. 기억을 더듬는 척 고개를 살짝 위로 젖혔다. 유배에서 풀려난 이후로는 머릿속에서 지우려 했던 글들이었다. 하지만 이옥의 글을 다시 접한 이후론 그 다짐이 흔들려 갔다. 술까지 들어간 터였다. 위 서방의 소원이었다. 그것 하나 못 들어주랴 싶었다. 나는 기꺼이 기억에서 그때의 그 글을 호출했다.

눈 그치고 바람 차고 달이 밝은 날

밤이 되어 장국보네 집으로 갔지.

병풍 친 따뜻한 방에는 향기가 그윽하고

부들자리 위에는 몽고에서 온 푸른 담요가 있네.

아리따운 기생이 술잔 올리고

주인은 환히 불 밝혀 객을 붙드네.

살짝 익힌 꿩고기에 사슴 고기 포,

무산의 파김치는 신맛에 흰 빛깔.

하루를 취하고 보니 천년이 즐거워라.

소리 높여 노래하며 긴 밤을 지새웠네.

"아, 나리께서 지은 글까지 듣고 나니 정말 가 보고 싶네요. 사람 마음이란 참. 그땐 정말 죽을 것만 같았는데. 지금은 현감 나리를 모시고 있으니 기죽을 일도 없고, 아침에 일어나면 오늘은 또 무슨 궂은 일이 일어나지 않을까 노심초사할 일도 없지요. 기뻐 날뛰어야 마땅하지만 이상하게도 지금은 사는 게 썩 재미있지는 않네요. 도대체……. 아이고, 이 입방정. 나리 앞에서 지금 무슨 말을 하는 겁니까?"

"괜찮네, 괜찮아."

겉으로는 아무렇지도 않다는 표정을 지었지만 속으로는 뜨끔했다. 위 서방의 말에는 하나 틀린 게 없었다. 무엇 하나 염려할 이유가 없는 호시절이지만 이즈음 내 마음속은 어쩐지 허전하기만 했다. 오늘이 어제 같았으니 내일도 오늘 같을 터였다. 왜 그런 것일까. 그 이유는 나도 정확히 알 수 없었다.

우리는 밤 깊도록 술을 마시고 또 마셨다. 조씨 할멈이 나타나 마을의 오가피주가 한 방울도 남지 않았다며 투정 아닌 투정을 부린 후에야 마지못해 자리에서 일어났다. 실개천 따라 돌아가는 길을 밝은 달이 환하게 비추었다. 태산이 높다 하되 하늘 아래 뫼이로다, 노래를 읊조리면서 둘이서 걷고 있는데 위 서방이 갑자기 손을 뻗어 앞을 가리켰다.

"저 앞에 보이는 저놈, 우태 아닙니까?"

위 서방의 말에 게슴츠레 떴던 눈에 힘을 주었다. 위 서방의 말이 맞았다. 조심스럽게 주위를 살피며 걷는 청년은 이옥의 아들 우태가 분명했다. 우태의 행동은 무언가 수상쩍었다. 위 서방의 눈에도 그렇게 비친 모양이었다.

"요즈음 몰래 모여서 서학을 배우는 이들이 많다고 하던데, 혹시 저놈도……."

나는 위 서방에게 고개를 끄덕여 보였다. 내 의도를 눈치챈 위 서방은 입을 다물었다. 우리는 우태가 눈치채지 않게 조심스럽게 뒤를 쫓았다. 얼마를 걸었을까, 우태는 마을 끝에 자리한 초가 앞에서 걸음을 멈추었다.

"저기는 밀양댁이 사는 집인데……."

위 서방이 고개를 갸웃하며 중얼거렸다. 밀양댁이라면 나도 들은 적이 있었다. 아이와 단둘이 사는 과부인데 아무 데서나 눈웃음 잘 치기로 소문난 여자였다.

"일단 가 보세."

가까이 다가가자 방 안에서 왁자지껄 떠드는 여자들 목소리가 들려왔다. 서너 명은 족히 될 것만 같았다. 머릿속은 더욱 복잡해졌다. 나는 이옥에게 물었다. 자네 아들은 지금 도대체 무얼 하고 있는 겐가.

우선은 무슨 일이 벌어지고 있는지 정확히 알아야만 했다. 위 서방과 나는 문을 사이에 두고 좌우로 몸을 기대 안에서 들려오는 소리에 귀를 기울였다. 우태의 목소리가 들려왔다.

"그럼 시작해 보겠습니다. 모두들 준비가 되셨지요?"

"그래, 빨리 좀 해. 궁금해서 못 살겠어."

"난 한잠도 못 잤지 뭐야. 오늘따라 남편이 어찌나 잠이 들지 않던지."

"최 서방 피해 나오느라 나도 애 좀 먹었다고요."

한 여자의 걸쭉한 목소리에 새된 목소리의 여자가 뒤따랐고, 남정네에게 교태깨나 부렸을 간드러진 목소리가 이어졌다. 여자들이 박수를 치며 동의를 표했다. 우태가 목청을 가다듬더니 다시 입을 열었다.

파총은 귀 기울여 이 말을 듣고

고개 들고 껄껄껄 웃어 보였네.

"귀한 자는 조상 덕을 물려받고

천한 사람 복을 못 타 가난하지만

공평하고 변함없는 세상 이치야

모든 사람 한결같이 살아가는 것

하건만 공연히 등급을 갈라

이 세상은 지옥처럼 되었소그려.

불행히도 주인님은 백정이 되어

저자에서 짐승 고기 각을 뜨지만

착한 분은 제 위치에 만족해하고

소인들은 요행수로 빠져나가지요.

어찌 알리까 지금의 푸줏간 일이

벼슬 사는 우리보다 더 좋을는지.

이 늙은이 천성이 고지식하여

시속에 휩쓸릴까 저어한다오.

저 싫으면 이웃 간 원수로 되고

마음 맞으면 딴 나라 사이도 혼사하나니

우리들 사이좋은 사돈 맺자면

말 몇 마디 약속하면 그만이지요.

가난한가 부유한가 물을 것 없고

양반이다 상민이다 따질 것 없소.

잘되는가 못되는가 앞날의 일은

저희들의 팔자에 매인 것이지

백 가지 중 사람 하나 똑똑하다면

그 나머지 탓할 일 무엇 있겠소.

정신이 바짝 들고 가슴이 덜컥 내려앉았다. 우태가 목청 높여 읊고 있는 건 바로 내가 지은 글, 「방주의 노래」였다. 방주는 내 두 번째 유배지인 진해에서 한 집 건너 이웃에 살던 처녀였다. 방주의 아버지는 버들가지로 고리를 만들며 사는 백정이었다. 신분은 천했지만 사람 하나는 진국이었다. 말없이 일에만 몰두하는 그 모습이 내 눈길을 끌었다. 게다가 백정치고는 드물게 글도 읽을 줄 알았다. 그의 딸 방주 또한 백정의 딸로 살기는 아까운 조건을 두루 갖추었다. 아버지에게 교육을 받아 글을 읽을 줄 아는 것은 물론 외모도 빼어났으므로. 일찌감치 아내를 저세상에 보낸 심 서방이 방주를 애지중지해 가며 키운 것은 더 말할 필요가 없을 터였다. 그 시절 나는 방주네 집을 자주 찾았다. 유배객이나 백정이나 세상에서 외면받는다는 점에서는 하나 다를 것이 없었다. 심 서방도 겉으로 드러내지는 않았어도 속으로는 나를 반기는 것이 분명했다. 말수도 적은 그는 내가 나타나면 인사도 없이 냉큼 부엌으로 뛰어 들어가 술상을 차려 내곤 했다. 거친 술이었지만 그만큼 입맛에 맞는 술 또한 찾기가 어려웠다. 그러던 어느 날이었다. 그날도 심 서방과 둘이 앉아 술잔을 기울이고 있는데 뜻밖의 손님이 찾아왔다. 남자의 복색으로 그가 군관임을 알아본 나는 화들짝 놀랐다. 처음 보는 얼굴이었지만 찾아온 목적은 분명 내게 있을 터였다. 하지만 군관은 나를 보고는 그저 고개만 숙여 보일 뿐이었다. 그러더니 내게 허락을 구하고 맞은편에 자리를 잡고 앉았다. 심 서방이 마당에 서서 고개를 숙인 채 물었다.

"군관 나리께서 어쩐 일로……."

"자네를 만나러 왔다네. 거기 서 있지 말고 이쪽에 앉게나."

그는 내게도 말을 걸었다.

"소문은 익히 들었습니다. 이곳 아전들의 괴롭힘이 보통이 아니지요? 속상하시겠지만 참으십시오. 근본이 못된 인간들은 아닙니다. 그저 수령만 믿고 위세를 부리는 것뿐이니 두려워할 것은 하나 없습니다."

도통 무슨 영문인지 짐작할 수 없었지만 그 말을 들으니 안심은 되었다. 유배객의 빠른 눈치로 해가 될 인물이 아니라는 판단을 내린 나는 그가 건네는 술잔을 받았다. 그는 마다하는 심 서방에게도 잔을 건넸다. 심 서방이 잔을 비우자 수염을 한 번 쓰다듬고는 비로소 찾아온 이유를 밝혔다.

"방주를 내 며느리로 삼고 싶소."

심 서방도 놀랐겠지만 나 또한 무척이나 놀랐다. 군관이라면 지방에서는 행세깨나 할 수 있는 자리였다. 그러한 사람이 백정의 딸에게 자신의 아들과 혼례를 치렀으면 하고 청하고 있는 것이었다. 심 서방이 고개를 흔들기만 하며 말문을 잇지 못하자 군관은 술 한 잔을 들이켜고 자신의 생각을 밝혔다. 그 내용이 바로 방금 우태가 읊은 글이었다. 방 안에서 여인들이 훌쩍거리는 소리가 들려왔다. 나는 이해할 수가 없었다. 어떻게 우태가 「방주의 노래」를 알고 있는 것인지. 결론부터 말하자면 군관의 청은 거짓이 아니었다. 심 서방은 거듭 사양했지만 결국 군관의 집요한 요청에 두 손을 번쩍 들고 말았다. 군관은 방주에 대한 소문을 익히 들어 알고 있었다. 그러던 차 우물에서 방주를 보았는데 공손한 태도와 단정한 용모에 반해 자신의 아들과 혼례시키려는 마음을 굳힌 터였다. 감격스러운 일이 아닐 수 없었다.

둘의 혼례는 조용히 치러졌다. 실력과 지위에 더해 상당한 재력 또한 갖춘 군관이었으니 수령 또한 함부로 하기는 어려웠다. 그렇다고는 해도 그들 혼례의 남다른 성격상 온 고을을 떠들썩하게 만들어 가며 치를 수는 없었다. 지역의 양반들이 떨떠름한 표정을 짓는 것은 너무도 당연했다. 나는 양반으로서는 유일하게 그들의 혼례에 참석했다. 내가 그들에게 줄 수 있는 것은 글밖에 없었다. 감격한 나는 혼례 끝 무렵 내가 지은 글을 읊었는데 그게 바로 「방주의 노래」였다. 우태는 이제 군관이 자신의 과거를 이야기하는 장면을 읊고 있었다. 군관은 젊은 시절 모진 고난을 겪다가 장사를 통해 큰 부를 이루었다. 그 과정에서 겪은 고난이 자신과 다른 신분의 사람에게도 애정을 기울이는 마음을 만들어 낸 것이었다.

그날의 혼례 이후로는 까맣게 잊고 있던 글이었다. 혹 빌미라도 잡힐까 싶어 다른 이에게는 보이지도 않았다. 그 글을 지금 내 앞에서 우태가 읊고 있는 것이다. 도대체 어찌 된 일일까. 나는 또 어떻게 처신해야 하는 걸까. 고민에 고민을 거듭하고 있는데 남정네 서너 명이 다가왔다. 갑작스러운 출현에 미처 피할 틈도 없었다. 맨 앞에 선 남자가 나를 보곤 고개를 끄덕였다.

"현감이 벌써 와 계셨군요. 소문을 들으신 모양이니 그럼 바로 시작하겠습니다."

최 참판 댁 청지기 최 서방이었다. 최 서방이 손짓하자 뒤따라온 남자들이 방문을 열고 들어갔다. 한바탕 소란 끝에 여자들이 고개를 숙이고 밖으로 나왔다. 마지막으로 우태가 모습을 드러냈다. 우태의 손은 뒤로 묶여 있었고, 얼굴은 잔뜩 부었다. 최 서방은 위 서방에게 우태를 넘겼다. 위 서방이 앞서 가자 최 서방과 남자들이 뒤를 따랐다. 나는 영문도 모른 채 그들의 뒤를 따라갈 수밖에 없었다.

그날 밤 급히 이루어진 심문을 통해 나는 우태가 한 일을 알게 되었다. 우태는 별로 당황한 기색도 없이 자신이 한 일을 술술 뱉어 냈다. 우태는 다름 아닌 전기수(傳奇叟)였다. 대개는 장터나 성문 근처를 활동 무대로 삼기 마련이다. 일의 성격상 사람들이 많이 모이는 곳을 택해야 짭짤한 수입을 올릴 수 있기 때문이다. 전기수 일이야 나라에서 금지한 사항이 아니니 문제 될 것이 없었다. 다만 우태가 여자들을 대상으로, 그것도 한밤중에 그들의 집에서 글을 읊은 것이 문제였다. 비밀스럽게 일을 벌였다고는 하지만 꼬리가 길면 밟히기 마련이다. 최 서방은 벌써 열흘 전부터 계집종 점순이가 밤마다 집을 빠져나가는 것을 주시하고 있었다. 전날은 점순이의 뒤까지 밟아 무슨 일이 벌어지고 있는지를 제 두 눈으로 직접 확인까지 했다. 그러고는 하인들을 모아다 밀양댁의 집을 덮친 것이었다. 속이 끓었다. 범죄를 목격했으면 관아로 와 형방에게 고해야 마땅했다. 그런데도 최 서방은 별다른 고민도 없이 자신의 수하들을 거느리고 체포에 나선 것이다. 최 서방 혼자 벌인 일이 아니라는 증거였다. 최 서방 뒤에는 분명 최수용이 있을 터였다.

최 서방이 우태를 가리키며 소리를 높였다.

"저거 저거 얼굴 좀 보소. 삐쭉 웃는 꼴이 정말 밉상이네. 뻔뻔하긴. 이놈아, 한밤중에 여자들을 모아 놓고 글을 읊어? 웃기고 있네. 그 말을 누가 믿겠냐?"

최 서방의 말이 틀린 것은 아니었다. 글 읊어 주는 것이 잘못된 일도 아닌바, 굳이 한밤중에 여자들을 모아 놓고 읊을 이유는 없었다. 우태의 행동은 연유야 어찌 되었건 오해 사기에 딱 좋았다. 하지만 나는 일을 확대하고 싶지 않았다. 들춰서 좋을 게 하나 없는 사건이었다. 우태를 쳐다보았다. 하지만 입술 한쪽을 올리고 빙긋 웃고 있는 꼴로 보아 자신이

처한 상황의 심각성에 대해서는 제대로 인지를 못 하고 있는 것 같았다. 나는 우태를 일부러 더 강하게 몰아붙였다.

"네 잘못을 인정하느냐?"

"흐흐, 글 읊어 준 것도 죄가 되오?"

내 딴엔 위엄을 갖춰 한 말이었고 그 말속엔 우태가 자신이 처한 상황을 정확히 판단해 주기를 바라는 마음이 담겨 있었지만 그는 비웃음을 흘리는 것으로 대답을 대신했다. 나는 작전을 바꾸었다. 여자들부터 먼저 심문을 했다. 잔뜩 겁을 집어먹은 밀양댁이 울음을 터뜨리면서 그동안의 일을 털어놓았다. 사건의 진상은 단순했다. 밀양댁이 우태를 처음 만난 건 보름 전 조씨 할멈의 주막에서였다. 주막 일을 돕던 밀양댁은 뒷정리를 마치고 집에 돌아가려던 순간 발걸음을 멈추었다. 조씨 할멈 방에서 큰 웃음소리가 들려왔기 때문이다. 무엇인가 재미있는 일이 벌어지고 있다는 것을 놀기 좋아하는 사람 특유의 직감으로 알아챘다. 냉큼 다가가 문을 열어젖혔다. 기대와는 다른 모습이 눈에 들어왔다. 방에는 우태가 점잖게 앉아 이야기를 하고 있을 뿐이었다. 하지만 조씨 할멈의 얼굴에는 웃음꽃이 피어 있었다. 조씨 할멈이 어서 들어오라고 손짓을 했다. 옳다구나 싶어 안으로 들어갔고, 그래서 듣게 된 것이 바로 「방주의 노래」였다.

"도대체 이게 무슨 일인지……. 처음엔 그냥 재미있는 소설 하나 듣는구나, 정도로 생각했어요. 그런데 말이에요, 제가 소설을 좀 들어 봐서 아는데 이 소설이 아주 묘한 거예요. 군관과 백정이 함께 나온다, 그러면 결론은 뻔할 뻔 자이지요. 백정에겐 예쁜 딸이 있다, 그러면 더 뻔해지는 거고요. 정신이 제대로 박힌 사람이라면 누구든 군관이 괜히 시비를 걸어 백정 딸을 차지하려 한다고 생각하지 않겠어요? 심드렁히 듣고 있는데 이야기가 완전히 딴 길로 가는 거예요. 아 글쎄 군관 아들과 백정 딸이 혼인할 거라고 도대체 누가 짐작이나 했겠어요? 말도 안 되는 소설이란 거는 알아요. 이 나라에서 어찌 그런 해괴한 일이 있을 수 있겠습니까? 하지만 소설을 듣고 있노라면 그런 생각이 전혀 들지를 않는 거예요. 미욱한 마음에도 아하, 이럴 수도 있겠구나 하고 절로 고개를 끄덕이게 되더라니까요. 소설을 끝까지 다 듣고 나니 저 혼자 듣기엔 아깝다는 마음까지 생겨났어요. 맛있는 떡을 얻었으면 나누는 게 이웃의 도리 아니겠어요? 그래서 제가 아는 아낙 몇몇에게 연락을 해서 함께 소설을 들은 거예요. 이게 전부예요. 어찌 현감 나리 앞에서 거짓을 고하겠습니까? 지금 말한 거에서 더 뺄 것도 보탤 것도 없어요. 부디 제 말을 믿어 주세요."

다른 여인들의 진술도 밀양댁과 일치했다. 나는 우태에게 밀양댁의 말이 사실인지 물었다. 우태는 잠시 나를 바라보다가 고개를 짧게 끄덕였다. 우태의 얼굴엔 여전히 웃음기가 남아 있었다. 나는 얼굴을 찌푸리고 그의 얼굴을 외면했다. 눈치 없는 녀석 같으니라고.

사건의 진상을 파악했으니 이제 남은 건 이들을 어떻게 처리하는가 하는 것이었다. 잠시 머리를 짜내어 보았지만 결론을 내리기가 쉽지 않았다. 한밤중에 과부의 집에 동네 여자들과 남자 하나가 같이 있었다는 것은 분명 큰 문제가 될 만했다. 그러나 그들이 그 안에서 벌인 일이라고는 글을 읊고 그것을 들은 게 전부였다. 때와 장소가 부적절하기는 했으나 그들이 한 일을 문제 삼을 수는 없을 것 같았다. 서학과 연루되지 않은 게 그나마 다행이었다. 잠시 더 고민하다 결론을 내렸다. 여자들은 엄하게 꾸짖은 후 집으로 돌려보내고 우태는 주위의 이목을 고려해 하룻밤 옥에 가두었다가 풀어 주기로. 하지만 나는 내가 원하는 판결을 내릴 수가 없었다. 관아의 문이 열리더니 장작처럼 마른 노인이 들어섰다. 그 순간 나는 일이 쉽게 풀리지 않을 것을 직감했다. 최수용, 이십여 년 만에 다시 보는 얼굴이었다. 이제는 노인 티가 줄줄 흐르는 최수용은 내게는 시선도 주지 않은 채 우태에게로 다가갔다. 첫마디부터가 시비조였다.

"자네가 바로 대역죄인 이옥의 아들이라면서?"

우태의 몸이 움찔했다. 눈치 빠른 위 서방이 재빨리 어깨를 누르지 않았더라면 볼썽사나운 꼴이 연출될 뻔했다. 우태가 입을 열었다.

"댁이 말한 그자의 아들은 맞소. 하지만 대역죄인이란 말은 빼시구려. 아무튼 그게 뭐 문제라도 되오?"

"문제라, 허허……. 수령은 어떻게 생각하시오? 문제가 되오, 안 되오?"

최수용은 비로소 나를 바라보았다. 나도 모르게 손에 힘이 들어갔다. 최수용은 골수 노론 벽파였다. 벽파에 등을 돌리다시피 한 정조 임금과는 사사건건 대립했지만 이옥과 나를 처벌하는 문제에 대해서만은 임금을 전폭적으로 지지했다. 그뿐만이 아니었다. 이옥에 대한 처벌은 너무 미약하니 유배를 보내야 한다고까지 주장했던 이가 바로 최수용이었다. 처음 이곳 논산에 발령을 받았을 때 좋으면서도 불안했던 것은 최수용이 살고 있다는 것을 알았기 때문이었다. 그러나 막상 현감으로 부임한 뒤로는 최수용 때문에 어려움을 겪은 적은 없었다. 최수용은 고을 일에 거의 관여하지 않았다. 처음 몇 번은 고을에 문제가 생기면 나는 그에게 연락을 하곤 했다. 나중에 딴소리를 못 하도록 하는 일종의 안전장치였던 셈이다. 그러나 그의 반응은 한결같았다. 현감이 알아서 하시오. 눈엣가시 같은 그의 협조 아닌 협조 덕분에 지금까지 내 현감 생활은 편안하기 그지없었다. 그런데 며칠 전 갑작스럽게 자신이 주최한 회합에 나를 초청하더니 이번에는 이옥의 문제를 거론하고 있는 것이었다. 나는 침착하려 애를 썼다. 늙고 통통한 거미. 자칫 발걸음을 잘못 내디뎠다간 거미줄에 걸리는 신세가 된다.

"이옥의 일과 지금의 일은 아무런 관계가 없지 않습니까?"

내 대답에 최수용은 입을 활짝 벌리고 웃었다. 파, 하고 김빠지는 소리가 났다. 이빨도 몇 개 남지 않은 검은 구멍이 나를 불안하게 만들었다.

"관계가 없다, 정말 그렇게 생각하시는 것은 아니겠지요? 이 늙은이는 분명 관계가 있다고 생각하고 있소이다. 그 이유를 하나하나 말해 볼 테니 현감은 귀 기울여 들으시오."

권유나 의사 타진이 아니라 명령이었다. 불끈하는 감정이 치솟았지만 참아야만 했다. 이빨이 다 빠지긴 했어도 아직은 호랑이였다. 맞서기보다는 방어하는 게 상책이다. 그러기 위해서는 저 늙은이가 뭐라 말하는지 먼저 들어 보는 게 순서였다.

"이옥은 대역죄인이었소. 정조 임금은 이렇게 말하셨지. '패관소품에 빠져드는 자들은 이내 요상한 학문에도 맛을 들이게 된다. 그러니 그 싹을 없애 버려야 하는 것이다.' 정조 임금은 그 싹을 없애기 위해 많은 노력을 하셨지만 결국 뜻한 바를 이루지는 못하셨소. 그 실패의 증거가 지금 이 자리에 앉아 있는 이 우태란 놈이지. 우태는 제 아비보다 더한 죄를 지었소. 아비는 패관소품으로 사람들의 마음을 홀리는 데 그쳤지만 이놈은 아예 여자들을 불러다 놓고 기롱을 했으니 말이오. 알량한 글로 여자들의 마음을 사로잡으려 했다 이 말이지. 더 끔찍한 일이 생겨나기 전에 잡아들여 정말 다행이오.”

“그렇지 않소.”

우태가 소리를 질렀지만 최수용은 들은 체도 하지 않았다. 최수용은 우태를 보며 웃음을 짓더니 다시 내게 시선을 돌렸다. 어느새 그 얼굴엔 웃음기가 완전히 사라져 있었다.

“그것뿐이라면 그리 큰 문제가 아닐 수도 있겠지. 하지만 우태가 읊었다는 글의 내용을 알게 되면 현감도 달리 생각하게 될 거요. 군관의 아들이 백정의 딸과 혼례를 치른다고? 무지한 여인네들이야 재미있다고 껄껄 웃어 대겠지만 내 생각은 다르다오. 그건 이 나라의 근간을 무너뜨리는 일이오. 이대로 두었다간 백정과 양갓집 규수가 혼례를 치르는 이야기가 나돌아 다니지 말라는 보장이 없지. 현감, 내 말이 무슨 뜻인지 알겠소? 이옥의 아들 우태는 강상의 윤리를 어지럽혔소. 그건 바로 이놈이 아비보다 더한 대역죄인이라는 뜻이오.”

갑자기 주위가 조용해졌다. 나는 최수용을 노려보았다. 최수용도 나의 시선을 피하지 않았다. 그 순간 관아에는 그와 나 둘만 존재하는 듯했다. 주위는 온통 어둠이었다. 그 어둠은 내게 익숙했다. 두 손을 꽁꽁 묶인 채 그와 대면하던 그날의 모습도 지금과 다르지 않았다. 고개를 흔들어 어두운 기억을 떨쳐 냈다. 지금은 우태의 사건에 집중해야만 했다. 최수용은 「방주의 노래」를 지은 이가 나라는 사실을 알고 있는 것이 분명했다. 혼례식에서 한 번 읊은 글이 어떻게 논산까지 흘러 들어온 것일까. 지금 당장 그 의문을 해소할 수는 없을 터였다. 중요한 것은 지금 최수용이 노리는 먹잇감은 이옥의 아들 우태가 아니라 현감인 나 김려라는 사실이었다. 머리가 아파 왔다. 내가 왜 「방주의 노래」 같은 것을 지었을까 하는 후회가 밀려왔다. 최수용의 초대에 응했으면 좋았으리라는 생각도 들었다. 뒤늦은 후회였다. 최악의 경우를 떠올려 보았다. 내가 가장 염려하는 것은 이 소식이 김조순의 귀에 들어가는 것이었다. 물론 일국을 좌지우지하는 권력을 지닌 김조순에게 이 일이 큰 영향을 미칠 리는 없었다. 내가 두려워하는 건 오랜 세월 나를 믿어 왔던 그를 실망시키는 일이었다. 그것도 줄기차게 나를 괴롭혀 왔던 글쓰기 문제로 말이다. 냉정한 판단이 필요한 시점이었다. 무엇보다도 약한 모습을 보여서는 안 된다. 뒷걸음질을 쳐서는 안 된다. 침을 삼키고 마음을 모질게 먹고 두 다리로 굳건히 자리를 지켜야 한다.

나는 형방을 불렀다. 이내 형틀이 등장하고 우태가 묶였다. 장 열 대를 명령했다. 돌같이 단단한 박달로 만든 장이 엉덩이에 닿을 때마다 우태는 몸을 움찔거리며 신음을 내뱉었다. 한밤중의 관아는 이내 우태의 신음 소리로 가득 찼다. 장 열 대를 맞고 축 늘어진 우태를 풀어 주고 무릎을 꿇게 했다. 우태는 괴로운 듯 입술을 질근 깨물었다. 보고 있는 것만으로도 괴로운 광경이었다. 나는 가능하면 일을 빨리 끝내고 싶었다.

"여인들의 말을 분명히 인정했겠다?"

우태가 고개를 살짝 들고 대답했다.

"그렇소."

"자, 그럼 다시 묻겠다. 네 잘못 또한 인정하느냐?"

우태가 천천히 고개를 저었다.

"내가 잘못한 것은 없다고 생각하오."

"허허, 아직도 정신을 못 차렸구나."

"나리, 내 한 가지 묻고 싶은 게 있소."

"뭐냐?"

"아까부터 나더러 잘못을 인정하라고 하는데 말이요, 도대체 내가 뭘 잘못했다는 것이오? 그걸 좀 정확하게 일러 주시오."

우태의 반문에 말문이 막혔다. 답변이 궁색했다. 차마 내

입으로 괴이한 글을 읊은 게 죄라고 말할 수는 없었다. 내가 머뭇거리자 최수용이 끼어들었다.

"네가 읊은 글이 세상을 혼란스럽게 만들고 불순한 이들에게 기운을 북돋아 준다는 걸 아직도 모르겠느냐?"

우태는 최수용을 노려보다 다시 나를 바라보았다.

"그거 참 굉장히 심각한 문제로군요. 나리도 그렇게 생각하시오?"

발밑이 내려앉는 기분이었다. 심문을 하는 자와 당하는 자가 바뀐 기분이었다. 우태는 아예 나를 비웃고 있었다. 나도 모르게 고함을 쳤다.

"이놈이 지금 나를 능멸하는 게냐? 네 죄를 묻는데 왜 내 생각을 묻는 게냐?"

"과문한 탓인지 난 내가 한 행동이 죄가 되는 행동인지 어떤지 잘 모르겠소. 그래서 나리의 생각을 묻는 것이오. 오해는 마시오, 나리께서 그렇다고 하시면 그런 것일 테니 받아들이겠소. 자, 한 번 더 묻겠소. 정말로 그렇게 생각하시오?"

"이놈이 정말. 마지막으로 한 번 더 묻겠다. 네 죄를 인정하느냐?"

"그러니까 무슨 죄를 인정하느냐고 묻는 것이오? 난 그게 궁금한 것이라니까."

"저놈을 다시 형틀에 묶어라. 그리고 자복할 때까지 곤장을 매우 쳐라."

형방이 난처한 표정을 지었다.

"곤장을 치려면 관찰사의 허락이 있어야 하는바……."

"어서 곤장을 쳐라."

우태가 다시 형틀에 묶였다. 관아 마당을 다시금 그의 신음 소리가 채웠다. 조금 전의 신음 소리는 지금 것에 비하면 아이 울음에 지나지 않았다. 열 대쯤 쳤을 때 최수용이 손을 들더니 은근한 목소리로 입을 열었다.

"현감, 그만하시오. 저러다 사람 죽이겠소."

나는 그의 말을 무시했다. 내 가슴속에는 분노가 들끓고 있었다. 그저 잘못했다고 한마디만 하면 될 것을. 그 이후의 일은 내가 다 알아서 처리할 터이니 고개 숙이고 잘못만 인정하면 될 것을. 하지만 우태는 그 쉬운 한마디를 끝내 내뱉지 않았다. 나는 오래전 정조 임금이 이옥을 상대로 표출했던 극심한 분노를 비로소 이해하게 되었다. 놈은 지금 나라는 존재에 대해 전면적으로 부정하고 있는 것이다. 나쁜 놈 같으니라고. 허허허, 내 곁에서 만족스러운 웃음소리가 터져나왔다. 소리의 주인은 최수용이었다. 그 웃음을 듣고서야 나는 내가 벌이고 있는 미친 짓거리를 깨달았다. 나는 최수용의 농간에 완전히 놀아나고 있었던 것이다.

"이제 그만."

　동헌을 떠나는 내 뒤를 최수용의 웃음소리가 따라왔다. 오늘 밤 최수용은 깊은 잠을 이룰 터였다. 오래간만에 살찐 벌레들을 마음껏 잡아먹었으므로.

5

나한, 거울, 그리고 책으로 빚은 술

우태는 사흘 후에야 정신을 차렸다. 최수용이 관아를 빠져나간 것을 확인한 나는 우태를 방으로 데려왔고 의원을 불러들였다. 우태의 몸은 성한 구석이 하나 없었다. 의원이 깊은 한숨을 내뱉었다. 의원 앞에서 나는 죄인이었다. 나는 아무 말 없이 의원 앞에 자리하고 앉았다. 의원은 우태 몸의 상처를 닦고 약을 바른 후 옷을 갈아입혔다. 의원이 혀를 차며 중얼거렸다.

"어쩌자고 사람을 이렇게 개 패듯 팼누."

의원의 말 그대로였다. 나는 우태를 사람이 아닌 개로 취급했다. 내가 요구한 건 우태의 생각이 아니라 우태의 복종이었다. 고개만 끄덕이면 된다. 맛난 밥과 편안한 잠자리, 그것이면 네 한 몸은 충분히 쉴 수 있지 않겠느냐. 어리석은 나. 따지고 보면 나는 그 옛날 나에게 복종만을 강요한 정조 임금과 하나 다를 바가 없었다. 나는 제대로 된 심문조차 받지 못했다. 모든 것은 이미 다 정해져 있었다.

강이천, 가장 가까운 벗의 자백으로 나는 하루아침에 천하의 죄인이 되었다. 체포되던 그날 나는 동생과 함께 마주 앉아 책을 읽고 있었다. 포졸들이 나타나 임금의 명령을 전하더니 나를 형조로 끌고 갔다. 강이천이 잡혀갔다는 소식은 이미 들은 바였다. 지은 죄가 없으니 별다른 문제는 없을 거라 여겼다. 물론 나의 잘못된 판단이었다.

그날 밤은 형조 인근의 여염집에서 잠을 자고 다음 날이 되어서야 심문을 받았다. 형조 판서 조심태와 형조 참판 최수용의 입을 통해서 나의 죄상을 확인했다. 얼마 전 내 집에 강이천과 김건순 등을 불러들여 고금의 학문을 논한 적이 있었다. 유교, 불교, 도교를 논한 후 서학에 대해서도 잠깐 이야기를 나누었다. 그게 전부였다. 문제는 강이천이 김건순을 따로 만나 서학에 대한 이야기를 더 나누었고, 그 이야기가 하늘에서 진인(眞人)이 내려온다는 이야기로 발전이 되었다는 사실이었다. 하늘에서 진인이 내려온다는 것은 임금을 부정한다는 의미로 해석이 될 수 있다. 역모죄에 해당되는 위험한 발언이었다. 강이천은 유언비어 유포죄로 체포되었다.

그러고는 그 말을 했던 날 나 또한 같은 자리에 있었다는 자백을 했다는 것이다. 나는 당치도 않은 일이라며 혐의를 부인했다. 최수용이 나를 꾸짖었다.

"그럼 우리가 없었던 일을 꾸미기라도 한다는 것인가?"

나는 대답 대신 강이천을 불러 달라고 요구했다. 그와 만나 그날의 일을 차근차근 설명하면 조심태나 최수용도 분명 납득할 거라 믿었다. 나는 강이천에게 몸을 돌리고 따져 물었다.

"자네, 있는 그대로 말해 보게나. 내가 언제 자네와 일의 전말을 논의했는가?"

강이천이 침을 꿀꺽 삼킨 후 대답했다.

"자네와 일의 전말을 논의했다고는 하지 않았네. 그저 같이 있었다고만 했을 뿐."

나는 조심태를 쳐다보며 소리쳤다.

"분명 들으셨지요? 저는 유언비어 유포와는 아무런 관계가 없습니다."

조심태는 고개를 슬쩍 돌려 나를 외면했고 최수용이 대신 대답을 했다.

"쯧쯧, 네 처지가 딱하기는 하다. 어쩌다 이런 요사스러운 이를 벗으로 삼았느냐?"

"요사스러운 사람이라니요. 그렇지 않습니다. 그런 사람이라면 어찌 그동안 우의를 나누었겠습니까?”

“아직도 정신을 못 차리기는. 난 전부터 널 유심히 지켜보고 있었다. 너의 아슬아슬한 교우 관계에 대해 숱한 경고를 주었건만 나아진 것이 하나 없구나. 자, 유배 가는 길에 곰곰 잘 생각해 보거라. 임금께서 유배를 명령하셨다.”

그것으로 끝이었다. 조심태와 최수용이 자리를 떠나자 포졸들이 강이천을 끌고 갔다. 강이천은 고개를 돌려 나를 보았다. 모든 것을 포기한 자의 쓸쓸한 눈빛이었다. 가슴속으로 커다란 한숨을 내뱉었다. 따지고 보면 다 나의 잘못이었다. 강이천이 서학에 관심을 보인다는 사실을 알았을 때 그를 멀리했어야만 했다. 하지만 나는 그러지 못했다.

스무 해가 조금 더 지났을 뿐인데 이제 나는 그들과 똑같은 자가 되어 있었다. 일의 전말보다는 능숙하고 효율적인 처리를 더 중요하게 여기는 자가 되어 있었다. 참담했다. 나는 이옥에게 빌고 또 빌었다. 내가 지금 도대체 무슨 짓을 하고 있는 겐가. 나라는 인간은 도대체 왜 이렇게 돼 먹었던 말인가. 자네를 볼 면목이 없네. 저승에서 만나거들랑 부디 내 얼굴에 침을 뱉어 주게. 그게 나의 유일한 부탁일세.

괜찮다네.

어느새 이옥이 내 앞에 앉아 있었다. 그의 말 없는 웃음은 여전했다. 나는 그의 시선을 외면했다. 의원의 손을 꼭 잡고 간곡하게 부탁했다.

"제발 살려만 주게."

의원이 방에서 나가자 이옥이 내게 다가왔다. 그의 손을 잡고 눈물을 흘렸다.

정말 미안하네.

자네를 탓하려고 온 것은 아닐세.

그렇다면?

자네 이야기를 더 듣고 싶네. 부령에서 어떻게 살았는지. 그 뒤로는 또 어떤 삶을 살았는지.

아직은 준비가 안 되었다네. 그때를 되새길 여유 따위가 없다는 말일세.

그럼 내가 먼저 이야기를 시작하겠네. 무엇이 좋을까, 그렇지. 자네가 궁금해한 나한 이야기부터 시작하도록 하지. 잘 들어 보도록 하게. 나한에 대한 글은 이렇게 이어진다네.

눈이 같으면 코가 다르고, 코가 같으면 입이 다르고, 입이 같으면 얼굴빛이 다르고, 모두 같으면 키와 체구가 다르고, 키와 체구가 같으면 자세가 다르다. 나한들은 혹은 서고 혹은 앉고, 혹은 숙이고 혹은 옆의 것에 붙고, 혹은 왼쪽을 돌아보고 혹은 오른쪽을 돌아보고, 혹은 남과 이야기하고, 혹은 글을 보고 혹은 글을 쓰고, 혹은 귀를 기울이고, 혹은 칼을 지고, 혹은 어깨를 기대고,

혹은 머리를 떨어뜨리어 근심하는 듯하고, 혹은 생각하는 듯하고, 혹은 기쁜 듯 코를 쳐들고 있다. 혹은 선비 같고, 혹은 관리 같고, 혹은 아녀자 같고, 혹은 무사 같고, 혹은 병자 같고, 혹은 어린애 같고, 혹은 늙은이 같다. 천 명이 모인 모임이요, 일만 명이 모인 시장 같다.

어떤가? 그럭저럭 괜찮은 글인가?

괜찮은 정도가 아니라 마음에 쏙 든다네. 임금이 자네를 왜 그렇게 못마땅하게 여겼는지 알 것 같네. 천 명, 만 명 하나하나에 기울이는 자네의 그 시선이 마음에 들지 않았던 게야. 자네 생각은 어떤가.

그랬겠지. 임금에겐 하나의 이념만이 중요했으니까. 그 달빛 같은 희미한 이념의 힘만으로 세상을 다스리려 했으니까. 하지만 세상을 살아가는 건 언뜻 보면 똑같아 보이나 실상은 하나하나가 다른, 각자에겐 각자가 전부인 사람들이라네. 자, 이제 준비가 되었는가?

나는 또다시 머뭇거렸다. 상처 딱지는 떼어 냈으나 그 밑에는 또 다른 딱지가 있었던 것. 그 시절을 들추려면 한 바가지의 용기가 새로 필요했다. 이옥은 재빨리 내 마음을 읽었다.

유배 길은 끝났네. 그건 우리에게 시간이 많다는 뜻이지. 서두를 필요는 없으이. 마음이 내키지 않으면 내 글부터 먼저 읽어 보게나.

유예를 받은 나는 이옥의 글들을 뒤적거렸다. 술에 관한 글이 나타났다. 농익은 오가피주가 생각났다. 나는 입맛을 다시며 그 글 속으로 빠져들었다. 역시나 이옥다운 글이었다. 제 이야기를 하면서도 이옥은 아닌 척 뒷짐을 진다. 이옥은 벗의 말이라며 짐짓 너스레를 떤 뒤 벗이 술에 심취하는 사정을 고한다.

지금 내가 술을 마시고 있는데, 술병을 들어 찰찰 따르면 마음이 술병에 있고, 잔을 잡고서 넘칠까 조심하면 마음이 잔에 있고, 안주를 잡고서 목구멍에 넣으면 마음이 안주에 있고, 객에게 잔을 권하면서 나이를 고려하면 마음이 객에게 있다. 손을 들어 술병을 잡을 때부터 입술에 남은 술을 훔치는 데 이르기까지, 잠깐 사이라도 근심이 없게 된다. 몸을 근심하는 근심도, 처지를 근심하는 근심도, 닥친 상황을 근심하는 근심도 없다. 바로 이것이 술을 마심으로써 근심을 잊는 방도요, 내가 술을 많이 마시는 까닭이다.

벗의 말이라 못을 박았지만 실은 이옥 자신의 마음이 담긴 말일 터였다. 젊은 날의 이옥은 술을 즐기기는 하되, 술에 취해 정신을 못 차리는 사람은 아니었다. 모든 일에 한 발 물러

나는 게 이옥이라는 사람의 특징이었다. 뛰어들기보다는 바라보는 것, 그게 바로 이옥이었다. 그러나 지금 이 글의 이옥은 술에 탐닉하는 자의 모습이었다. 가슴 아픈 건 술에 탐닉하는 이유였다. 술이 좋아서가 아니었다. 술 없이는 근심을 이길 수 없기 때문에 마시고 또 마시는 것이었다. 그 근심의 근원이 어디에서 비롯하는지는 굳이 말할 필요가 없겠다. 그 또한 그 사실을 숨기지 않았다. 술에 탐닉하는 이유를 구구절절 적은 이 글에서 내가 눈을 뗄 수 없었던 것은 글 말미에 붙인 문장 때문이었다.

아아! 내가 글을 쓴 것도 친구가 술을 마시는 것과 같은 이유였나 보다.

글로써 고통을 당한 자가 글로써 그 고통을 해소하는 격이었다. 모순이 아닐 수 없었다. 고통을 해소하는 행위가 바로 그 고통 자체라니. 그에게 글이 도대체 무엇이었기에 그 고통마저도 감수하는 것일까. 가슴이 답답해졌다. 나는 이옥을 쳐다보며 속으로 외쳤다. 자네, 왜 글을 놓지 않은 건가. 왜 그 고통에서 벗어나려 하지 않았던 건가.

이옥은 무심히 눈을 감았다. 고통을 놓기는커녕 오히려 고통을 즐기는 것처럼 보였다. 이옥은 좀처럼 눈을 뜨지 않는

다. 고통스러운 얼굴을 하고 있으면서도 입가에는 예의 그 소리 없는 웃음이 묻어 있다. 홀로 남다시피 한 나는 계속해서 그의 글을 읽어 나갔다. 또 다른 글들이 내 심증을 뒷받침해 주었다. 가을에 우는 벌레 소리 하나에도 이옥은 무너지고 또 무너졌다. 왜 가을벌레가 유독 그렇게 구슬프게 우는지 그 이유를 알고 싶었던 모양이다. 그러나 그것은 머리를 싸매고 궁리한다고 얻어질 수 있는 게 아니다. 왕양명이 대나무 앞에서 며칠을 지새웠어도 대나무에 대해 결국 아무것도 알아내지 못했듯 말이다. 이옥은 이렇게 한탄하고 만다.

너는 어째서 유독 가을에 울어 우리로 하여금 근심과 수심을 이기지 못하게 한단 말이냐? 성쇠라는 것은 하늘의 운세가 변천하는 것이다. 너 역시 하늘은 어찌할 수 있는 바가 아니어서 그런 것이냐? 답답하구나. 어찌하여 하늘이 너에게 지절대는 혓바닥을 주어 나를 위해 자세히 말해 주지 않느냐? 거듭거듭 따져도 벙어리처럼 묵묵하구나. 하늘에다 물으려 한다만 하늘이 무슨 말을 하랴? 다만 가을비가 소소하여 시끌시끌한 가을벌레 소리와 어울려 더 시끄럽게 하는 것만 들릴 뿐이다.

하늘에 물었더니 대답은 고사하고 시끄러운 가을비만 퍼붓게 한다는 장면에서는 무릎을 탁 치고 웃음을 터뜨렸다.

세상 모든 것 다 잃은 사람처럼 처량한 글을 써 내려가다 갑자기 튀어나오는 참으로 짓궂은 글. 이옥 아니면 쓸 수 없는, 그만의 마음이 담긴 글이었다. 웃다가 입을 틀어막았다. 그는 그렇게 함으로써 잠시라도 고통을 잊으려 했는지도 모른다. 그렇다고 사라질 고통은 아니었다. 결국 그는 고통을 이길 수 없었다. 고통은 그의 글들에 커다란 살점을 툭툭 묻혀놓고 있었다. 그 고통의 정점은 거울 한가운데 떡 하니 자리하고 그를 노려보았다. 이제는 삶과 고통에 찌들어 젊은 날의 아름다운 모습을 반납해 버린 남자 이옥이 낡아 빠진 거울을 붙잡고 진지하게 질문을 해 대는 꼴이란.

아아, 거울아! 사람은 제 얼굴을 스스로 알지 못하므로 반드시 너에게서 알아보니, 너의 얼굴은 곧 나의 얼굴이다. 그렇거늘 네 얼굴이 달라진 것을 너는 어찌 모르느냐?

나는 도무지 모르겠다. 지난날에는 가을 물처럼 가볍고 맑았던 네 얼굴이 이제는 어찌하여 마른나무처럼 축 처져 있는가? 지난날에는 연꽃처럼 빛나고 저녁노을처럼 반짝이더니 이제는 어찌하여 이끼 낀 바위처럼 검푸른 빛으로 되었는가? 지난날에는 옥구슬처럼 영롱하고 거울처럼 맑더니 이제는 어찌하여 안개에 가린 해처럼 빛이 없는가? 지난날에는 다리미질한 비단 같고 햇볕 쪼인 능라 같던 것이 이제는 어찌하여 낡은 굴의 방처럼 되었는가? (……) 아아! 내가 일고여덟 살 때부터 이미 너를 나의 얼굴로 삼았으니 지금 사십여 년이 되어 간다. 어느덧 나의 나이도 오십에서 하나가 모자라는구나. 정신이 메마르고 안색이 물기 없게 되며, 육질이 떨어지고 피부가 거칠어지며, 눈썹이 하얗게 되고 눈이 흐리게 되며, 입술이 칙칙하고 이빨이 성기게 된다는 것은 진실로 이미 정해진 바였다. 하지만 나의 나이는 다른 사람과 마찬가지인데 이해 못 할 게 하나 있다. 다른 사람 가운데는 더욱 사치하고 점점 더 영화로운 자도 간혹 많거늘, 어찌하여 나만 유독 이렇게 빨리 늙는단 말인가? (……) 원컨대 너 거울에게서 대답을 듣고자 한다.

나는 글을 읽으면서 광인처럼 서안을 두드리고 웃음을 터뜨렸다. 이옥은 짐짓 모르는 척 웃음만 짓고 있었고. 살아오면서 수많은 글을 읽었건만 이옥의 글처럼 나를 많이 웃게 만든 글은 일찍이 없었다. 웃기려고 작정한 글도 아니었다. 행간에 슬픔과 고통이 가득한 글이었다. 그럼에도 그 슬픔과 고통은 읽다 보면 어느덧 한바탕 웃음으로 바뀌는 것이었다. 나의 벗 이옥. 늘 말없이 웃었으나 글에 관한 말이 나오기만 하면 핏대를 세우기 일쑤였던 그리운 벗 이옥. 거울의 답변은 더욱 걸작이었다.

세상에서 자기 얼굴을 좋아하는 자들은 버드나무 가지로 이 쑤시고 양치질을 하며, 콩가루에 약품을 타서 만든 가루분으로 씻고, 머리를 잘 빗질하고 망건을 쓰며, 다시 망건 밖으로 나온 머리를 손질하고 또 먼지를 턴다오. 피부막을 정돈하고 주름을 피며, 여섯 가지 향으로 메마른 살갗을 윤기 나게 하고, 주름진 손수건을 손에 잡고 자기 얼굴을 문질러 주어 보물처럼 아끼오.

그런데 지금 그대는 한 달이 지나도록 머리도 빗지 않고, 사흘에 한 번 세수도 하지 않고, 나를 볼 때도 눈곱 낀 그대로 들여다보오. 그뿐이오? 개흙을 타서 씹어 양치하고, 땀에 젖은 옷이나 입어 더럽고, 피부는 날마다 그을려 아예 새까맣소. 나의 경우를 두고 말해 보겠소. 먼지가 끼었어도 닦지 않고 푸른 녹이 슬었어도 닦지 않는다면 어찌 낡은 기와 조각같이 되지 않겠소? 이것은 그대가 자초한 것이오. 그런데도 그대는 알지 못한단 말이오? (⋯⋯) 그대가 만약 따지고 싶으면 조화옹에게 물어보시오!

너무 웃어 배가 아플 지경이었다. 이토록 시원하게 웃어 본 것이 도대체 몇 해 만의 일인지 기억조차 할 수 없었다. 한참을 웃고 나니 주책없이 이번에는 눈물이 주르르 흘렀다. 나는 울먹이는 목소리로 이옥이 남긴 글을 하나 더 읽었다. 흉년인 탓에 술조차 마음껏 마실 수 없었던 시기에 지어진 글이었다. 술을 양식 삼아 마시던 그에게는 견디기 힘든 난관이었으리라. 이옥은 어떤 남자가 술 단지에다 책 한 권을 넣어 주었다는 것으로 글을 시작한다.

먹은 누룩으로 빚은 술이 결코 아니고, 서책은 술통과 단지가 결코 아니거늘, 이 책이 어찌 나를 취하게 할 수 있으랴! 그 종이로 장독이나 덮을 것인가, 이렇게 생각하면서 그 책을 읽고 또 읽었다. 그렇게 읽기를 사흘, 눈에서 꽃이 피어나고 입에서 향기가 머금어 나왔다. 위장 안의 비린 피를 깨끗이 쓸어 버리고 마음에 쌓인 먼지를 씻어 주어, 정신을 기쁘게 하고 온몸을 안온하게 해 주어, 나도 모르는 사이에 별천지로 빠져들었다. 아아! 이것이 바로 술지게미 언덕 위에 노니는 즐거움이니, 절묘한 시어에 깃들여 살아감이 마땅하도다.

이옥이 글이고, 글이 바로 이옥이었다. 그의 글은 그의 피와 살이었고, 그의 피와 살은 그의 글이 만든 문자의 집이었다. 그의 글을 내려놓았다. 그에게 물었다. 자네에게 글은 도대체 무엇인가.

우스운 질문은 아니었다. 하지만 이옥은 오래간만에 박장대소했다. 그러고는 우태의 머리를 쓰다듬으며 이렇게 말하는 것이었다.

「백운필(白雲筆)」이란 글이 있네. 그 첫머리에 쓴 글이 해

답이 될 수 있겠네. 그 글은 이렇다네. 이 글에 왜 백운필이란 이름을 붙였는가? 백운사에서 붓을 들었기에 붙였다. 백운필은 무엇 때문에 썼는가? 마지못해 썼다. 왜 마지못해 썼는가? 백운사는 원래 외지고 여름날은 한창 지루하다. 외져서 찾는 이가 없고, 지루하여 할 일이 없기 때문에 썼다. 할 일도 없고 외지기까지 하니, 쓰지 않고 도대체 어떻게 이 지긋지긋한 시간을 보낼 수 있단 말인가.

허허, 답이 되었나? 내게 글 쓰는 거창한 이유 따위는 없네. 지루해서 할 일이 없기에 쓴 것일 뿐.

이옥의 말에 고개를 끄덕였다. 무서웠다. 글에 목숨 건다는 말보다 그냥 쓴다는 말이 오히려 더 무서웠다. 이옥에게 글은 공기요, 물이요, 밥이었다. 그의 곁에 그냥 존재하는 그 무엇이었다. 그러니까 이옥은 자기 삶 전체를 글쓰기의 현장으로 승화시킨 것이나 다름없었다. 그에 비하면 나는……

그가 내게 거울을 건넸다. 그 거울을 들어 내 얼굴을 비춰 보았다. 늙고 추한 남자가 나를 반겼다. 눈동자엔 초점이 없었고, 입은 바보처럼 벌어졌다. 거울 속에는 나른한 현감의 일상을 보배처럼 여기는 모자란 남자가 있었다. 글 따위는 잊은 지 오래였다. 부족함 없는 일상에 글 따위가 끼어들 틈은 없다고 느긋하게 주장하는 남자의 기름진 목소리가 들리는 듯했다. 물론 끼적거리기는 했다. 하지만 그건 글은 아니었다. 그 목소리에 항거하고 싶었다. 그러나 방법이 없었다. 도대체 언제부터 글이 내 곁을 떠났나. 기억이 나질 않았다. 나는 거울 속을 뚫어져라 쳐다보았다. 거울 속의 남자 또한 나를 뚫어져라 쳐다보았다. 남자는 바로 이옥이었다. 어느새 그는 거울 속에 들어가 있었다. 이옥은 씩 웃음을 지으며 말했다.

자, 이제 부령으로 가 보세.

꼭 가야만 하는가.

부령을 떠올리기 싫은 모양이로군그래. 이를 어쩌나? 난 그 시절 이야기가 꼭 듣고 싶은데.

아직은 때가 아니라네.

오래간만에 내 자네에게 충고 하나 하겠네. 잊는 법은 오직 한 가지뿐이라네.

그게 뭔가?

그 속으로 들어가서 겪어 내는 것이지.

이옥의 손이 나를 거울 속으로 잡아당겼다. 그가 나를 이끈 건 부령에 도착하던 바로 그날이었다.

6

차가운 유배객의 언덕에서 물고기를 낚다

부령 부사 유상량은 공무로 국경 근처에 가고 없었다. 나를 맞은 것은 부관인 김이화였다. 그는 꼼꼼한 남자였다. 손을 호호 불어 가며 서류를 두 번이나 검토한 후에야 천천히 입을 열었다.

"수고 많으셨소. 거처가 정해질 때까지는 김명세의 집에서 머무는 게 좋겠소."

안도의 한숨이 저절로 나왔다. 김이화의 눈매는 선해 보였고, 문장 하나하나를 꼭꼭 씹어서 뱉는 그의 느릿한 말투는 믿음을 주었다. 그때까지만 해도 지금껏 겪은 어려움보다 백배는 더 큰 어려움이 내 앞날에 도사리고 있으리라곤 생각도 하지 못했다. 하인을 따라 김명세의 집으로 갔다. 내가 머물게 될 집의 주인이자 관아에서 죄인 감찰 업무를 담당하는 김명세의 인상은 김이화와는 완전히 달랐다. 김명세는 담뱃대를 입에 물고 마루에 앉아 나를 노려보았다. 까무잡잡한 얼굴에는 누렇게 뜬 수염이 염소 뿔처럼 뾰족하게 자랐다. 키는 껑충하니 큰 편이지만 등이 굽었다. 눈매는 날카로웠지만 입가에는 야비한 웃음이 매달렸다. 그를 이루는 특징들이 그라는 존재 속에 하나로 통합되지 못하고 제각각의 목소리를 내는 형국이었다. 산만하고 소란스러운 느낌이라고나 할까. 꼬집어 말할 수는 없었지만 길에서 마주치면 먼저 피하고 싶은 그런 인상의 남자였다. 무료하게 마당을 보며 무언가를 중얼거리던 김명세의 얼굴에 화색이 돌았다. 그는 내가 맛있는 먹이라도 되는 것처럼 입맛부터 다셨다.

"어서 오게나. 며칠 전부터 내 그대를 기다리고 있었지."

그의 목소리는 또 한 번 나를 놀라게 했다. 어린아이 울음소리에 쇳물을 부은 것 같은 섬뜩한 느낌이었다. 대놓고 비꼬는 그의 말투 또한 마음에 들지 않기는 마찬가지였다. 뭐라 응대하고 싶었지만 너무 피곤했다. 괜히 말 한마디 잘못 내뱉었다가는 뜻밖의 곤경에 발목 잡힐 것만 같았다. 나를 위아래로 훑은 김명세는 턱으로 구석에 자리한 방을 가리켰다. 좁고 지저분했다. 방의 형편을 탓할 상황은 못 되었다. 엉덩이만 붙일 수 있다면 그곳이 바로 무릉도원이었다. 나는 그대로 몸을 눕혔고 이내 깊은 잠에 빠졌다.

산산조각 부서지는 소리가 나의 단잠을 깨웠다. 화들짝 놀라 자리에서 몸을 일으켰다. 소리가 나는 곳을 향해 고개를 돌리고 문을 살짝 열어 보았다. 뜻밖의 광경에 나도 모르게 아, 하고 한숨을 내뱉고 말았다. 마당에는 밥사발이 이리저리 굴렀고, 그 밥사발에 담겼을 밥알은 사방에 흩어져 있었다. 이게 웬 떡인가 싶어 후다닥 달려들어 바닥을 핥으려던 누런 개는 김명세의 발길질에 꼬리를 내리고 사라졌다. 김명세가 소리를 질러 댔다.

"이 영감이 또 밥을 축내네그려. 아비면 다야? 아무 일도 안 하고 있다 밥때만 되면 나타나 밥 달라니, 허허 참. 밥은 땅바닥에서 그냥 솟아나나?"

마루에는 김명세의 아버지가 고개를 숙이고 흐느끼는 중이었다. 가족들은 그저 손을 놓고 그 광경을 지켜보고 있었다. 그들의 얼굴엔 분노조차 없었다. 김명세가 또다시 언성을 높였다.

"아, 조용히 못 해? 못마땅하면 방에 들어가 자빠져 자든지."

그 순간 문을 열고 누군가 들어왔다. 김명세보다 훨씬 덩치가 큰 남자는 그대로 김명세에게 달려들었다. 두 남자는 한데 엉켜 바닥에 쓰러졌다. 그러나 처음부터 상대가 되지 않는 싸움이었다. 남자는 김명세를 깔고 앉은 뒤 주먹으로 얼굴을 때렸다. 그러나 김명세는 꿈쩍도 하지 않았다. 입가에는 예의 그 야비한 웃음마저 그대로 남아 있었다. 남자는 바닥에 침을 퉤 뱉은 후 일어나 마루로 갔다. 그러고는 아무 일도 없었다는 듯이 허겁지겁 밥을 먹기 시작했다. 김명세의 눈길이 나와 마주쳤다. 코에서는 피가 흘러나왔지만 그는 여전히 비꼬는 듯 묘한 웃음을 지은 얼굴로 나를 응시하고 있었다. 가슴이 덜컥 내려앉더니 한기가 몰려왔다. 나는 방문을 닫고 더러운 이불을 머리까지 덮었다. 그러나 한번 찾아온 한기는 좀처럼 사라지지 않았다.

사건의 전말을 내게 전한 것은 위 서방이었다. 내가 잠이 든 사이 이곳저곳을 돌아다니면서 정보를 수집한 위 서방은 자신이 얻은 정보를 걱정스레 펼쳐 놓았다.

"이 김명세라는 인간이 보통이 아닌 모양입니다. 부사 유상량의 개 노릇을 한다 이 말입니다. 마을 사람들이 아주 치를 떨더구먼요."

"아까 그 남자는 누군가? 김명세에게 주먹질을 해 댄."

"김명세의 동생 운대라는 놈입니다. 머릿속은 텅 비었는데 주먹은 아주 꽉 찬 놈이지요. 가운데 놈인 명원까지 이렇게 세 놈이 형제인데 생긴 것은 달라도 나쁜 짓을 하는 데 있어선 우열을 가릴 수가 없답니다. 뭐 그중 제일은 그래도 운대라는 말이 있기는 합디다."

"유상량은 어떤 위인인고?"

"말도 마십시오. 완전히 똥 밟았습니다. 사람들이 유상량을 뭐라 부르는지 아십니까?"

"뭐라 부르더냐?"

"황장목 사또랍니다."

황장목은 궁궐에 보낼 나무를 부르는 말이다. 왜 부사에게 그런 이름을 붙였는지 영문을 알 수 없었다. 위 서방이 답답하다는 듯 가슴을 두드리고는 말을 이었다.

"궁궐에 보낸다고 사람들을 동원해 나무를 베게 하고는 모두 제 놈이 꿀꺽한답니다. 그뿐만이 아닙니다. 고을에 전설처럼 떠도는 사건이 하나 있습니다. 그렇게 얻은 황장목을 배로 실어 날랐는데 아, 그만 배가 바다에 가라앉는 일이 생겼다지 뭡니까? 뱃가죽 두드리며 기뻐할 판에 그런 횡액을 당했으니 눈깔이 뒤집혔겠지요? 제 분을 못 이긴 이놈 황장목 사또는 가라앉은 배의 사공을 불러오라 했겠지요. 그러나 사공이 올 턱이 없지요. 배와 함께 황천길로 갔으니 말입니다. 자, 이야기는 이제부터 시작입니다. 이 황장목 사또가 어떻게 했는지 아십니까?"

"글쎄다."

"사공의 부모를 불러다 매질을 했답니다."

"부모가 무슨 죄이더냐?"

"사공이 도망가려 했다 이거지요. 되도 않는 핑계를 갖다 붙인 겁니다. 죽은 사공을 관아로 불러오라며 쉬지 않고 매질을 해 대니 늙은이들이 견딜 수가 있습니까? 가진 것 다 내놓고 손이 발이 되도록 싹싹 빌었지요. 황장목 사또, 그 대목에서 눈이 번쩍 뜨였나 봅니다. 이거다 싶은 황장목 사또는 마을 사람들을 닥치는 대로 불러들였답니다. 맞아 죽기 싫으면 알아서 바칠 수밖에요. 이를 어쩌면 좋습니까? 그야말로 호랑이 굴에 들어온 꼴이 되었으니 어쩌면 좋습니까?"

위 서방의 걱정스러운 말에 고개를 끄덕거리기는 했으나 설마 하는 생각이 들었다. 뒤로 손 내밀어 한두 푼 챙기는 것은 그럴 수 있겠지만 대놓고 사람을 불러다 매질해 가며 재물을 요구한다는 것은 좀 과장이다 싶었다. 그러나 그것은 나의 순진한 생각이었다. 유상량은 그보다 더한 일도 눈 하나 깜짝하지 않고 할 수 있는 위인이었다.

한동안은 별다른 일이 일어나지 않았다. 가끔씩 김이화가 보낸 포졸들이 찾아와 이리저리 둘러보고 가는 정도였다. 김명세도 눈에 띌 행동은 하지 않았다. 하지만 마음 한구석은 여전히 불안했다. 김명세의 표정은 먹이를 앞에 둔 승냥이의 것과 하나 다르지 않았다. 그 승냥이는 먹이의 주위를 돌면서 제풀에 쓰러지기만을 기다리는 중이었다. 그의 시선이 마음에 걸렸지만 그렇다고 꼼짝 않고 틀어박혀 있을 수만은 없었다. 나는 곰곰 생각하다 위 서방을 서울 집으로 돌려보내기로 마음먹었다. 내 말을 들은 위 서방은 돌아가지 않겠다고 고집을 피웠다. 예상한 일이었다. 나는 위 서방의 손에 편지를 쥐여 주며 말했다.

"떠날 때 식구들에게 인사도 제대로 못 했다네. 남이곤의 은혜에 힘입어 편지를 보내기는 했으나 그 또한 제대로 도착했는지 어떤지는 알 수 없는 일. 자네가 두 발로 직접 가서 편지를 전해야 내 안심이 되겠네."

위 서방은 그 말을 듣고서야 마지못해 고개를 끄덕였다. 나는 한 번도 입지 않은 새 옷 한 벌을 꺼내 위 서방에게 주었다. 새 옷 한 벌은 좁쌀 너 말과 완두콩 두 말로 바뀌었다. 서울까지 가기엔 터무니없이 부족한 분량이었다. 어쩔 수 없었다. 지금으로서는 그 정도가 내가 줄 수 있는 최선이었다. 그러나 문제는 먹을거리에 있지 않았다. 내 말을 들은 김이화는 한참 생각한 후에 천천히 고개를 저었다. 부사의 허락 없이는 그 누구도 부령 땅을 떠날 수 없다는 것이었다. 김이화가 안 된다면 정말 안 되는 것이었다. 결국 위 서방은 부사가 도착할 때까지 꼼짝없이 내 곁에 머물러야 했다.

머칠 후 가슴 한구석에 잠복해 있던 불안이 현실이 되어 나타났다. 군관 서너 명이 포졸들을 이끌고 나타났다. 포졸들은 무슨 일인가 싶어 마루에 앉아 멀끔히 바라보던 나를 잡아 방 안에 밀어 넣었다. 김명세가 고개를 디밀고 비아냥거렸다.

"그동안 즐거우셨는가? 앞으로는 지금보다 백배는 더 즐거울 것일세. 우리 부사께서 돌아오셨거든."

김명세가 그토록 기뻐하는 얼굴은 일찍이 본 적이 없었다. 나는 꼼짝 없이 방에 갇히는 신세가 되었다. 속이 부글부글 끓어 엉덩이를 붙일 수도 없었다. 아무리 유배객의 신분이라지만 이는 지나친 처사였다. 나는 위리안치를 명령받은 것도 아니었다. 그런데 이들은 나를 모반죄라도 일으킨 죄인인 양 다루고 있었다. 억울했지만 하소연할 곳도 없었다. 부령은 유상량의 작은 왕국이었다. 나는 그저 벽만 바라보며 한숨만 토해 낼 뿐이었다.

다음 날 아침 나는 포졸들에게 이끌려 관아로 갔다. 동헌에는 유상량이 앉아 있었다. 유상량은 내게는 시선도 주지 않은 채 공문을 읽어 내려갔다. 숨이 턱 막혔다. "지극히 요망하고 몹시 흉악하여 백번 죽어도 오히려 가벼운 죄인이다."라고 적힌 내용 때문이었다. 아, 내가 지은 죄가 그렇게 큰 죄였던가. 백 번, 천 번을 생각해도 나는 승복할 수 없었다. 이옥, 자네의 심정을 이제야 알겠네. 글이란 게 도대체 뭔지.

문장 하나로 사람의 목숨이 왔다 갔다 하다니 어찌 이럴 수가 있는가. 이것이 진정 문(文)을 숭상하는 조선 천지에서 일어날 수 있는 일인가. 나는 유상량에게 말 한마디 붙이지 못했다. 공문을 다 읽은 유상량이 하품을 해 댔다. 기지개까지 느긋하게 켠 유상량은 그대로 방에 들어가 버렸다.

유상량이 돌아오자 김명세는 그동안 참아 왔던 본성을 마음껏 드러냈다. 말투부터가 달라졌다. 예를 들면 이런 식이었다.

"네놈이 그렇게 큰 죄를 지었다면서. 보기와는 다르게 아주 몹쓸 잡놈이로구먼."

"허허, 너처럼 아무것도 안 하는 죄인에게 밥을 먹여야 하는 내 신세가 참으로 딱하구나. 하늘은 이런 놈을 왜 그냥 두는고? 차라리 그냥 죽어 버리지그래?"

대꾸 따위는 할 생각도 않는 게 좋았다. 괜히 말을 붙였다간 열 배로 되갚음을 당할 테니. 나는 김명세가 떠나기를 기다렸다가 위 서방을 불렀다. 나는 최대한 태연하게 말하려 애썼다.

"관아에 가서 부탁해 보게나. 아무튼 부사가 왔으니 자네는 서울에 갈 수 있을 것이야. 부모 형제에게 보내는 인사마저 막는 것은 차마 사람이 할 짓이 못 될 테니."

말은 그렇게 했으나 사실 크게 기대하지 않았다. 그런데 돌아온 위 서방의 입에서 뜻밖의 말이 나왔다. 유상량의 허락이 떨어졌다는 것이다. 못되기는 했어도 개돼지 꼴은 아니다 싶어 가슴을 쓸어내렸다. 그러나 나는 아직도 유상량을 제대로 파악하지 못하고 있었다. 짐을 챙긴 후 길을 떠나려는 위 서방을 막아서는 것은 김명세였다. 인내의 한계에 달한 나는 소리를 버럭 질렀다.

“부사의 허락이 있었네. 도대체 무슨 짓인가?”

“그래, 그랬지. 부사의 허락이 있으셨지. 하지만 이건 또 어떤가? 조금 전 부사가 마음을 바꾸셨다네. 쯧쯧, 안타까워서 이를 어쩌나?”

서둘러 관아로 달려간 나를 김이화가 막아섰다. 김이화는 조심스럽게 내 어깨를 끌고 길가로 나왔다. 김명세의 말은 사실이었다. 조금 전 부사가 새로운 명령을 내렸다고 했다. 입을 열려 하자 김이화가 고개를 저었다. 흠잡힐 일은 시도하지도 말라는 뜻이었다. 터벅터벅 걸어서 김명세의 집으로 돌아왔다. 명색이 양반인 나에게도 이토록 험하게 대하니 부령 사람들에게 대하는 것은 보지 않아도 알 수 있는 일이었다. 지금껏 몰랐던 이 나라의 냉혹한 현실 앞에 내 마음은 만 갈래로 찢어졌다. 거미는 구중궁궐에만 있는 것이 아니었다. 살찐 거미는 조선 천지 곳곳에 자리를 잡고 사람들의 피를 빼먹는 중이었다. 차라리 형조에 잡혀가 있던 때가 그리울 지경이었다. 하늘을 보았다. 나는 도대체 왜 태어난 것입니까? 내게서 얻으려고 하는 것이 도대체 무엇입니까?

하늘은 대답 대신 거센 바람 한 줄기만을 보내 주었다.

위 서방이 서울로 떠날 수 있게 된 것은 그로부터 한 달이 지난 후였다. 부사의 허락이 떨어졌지만 김명세는 위 서방이 떠나는 걸 그냥 보고만 있지는 않았다. 제 동생 운대와 함께 위 서방에게 달려들어 말과 식량을 모조리 빼앗았다. 위 서방은 홀로 남은 내 처지를 생각해 저항도 하지 못했다. 뒤늦게 소식을 듣고 달려온 김이화가 아니었다면 위 서방은 영영 서울로 떠날 수 없었을 터였다. 위 서방은 눈물을 훔치며 부령을 떠났다. 소리도 없는 눈이 쉬지 않고 내렸다. 나도 모르게 흐느꼈던 모양이다. 김이화가 내 손을 잡았다 놓았다.

"조금만 기다리십시오. 부사는 지금 제 능력을 과시하며 즐거워하고 있는 것뿐입니다. 조금 더 지나면 그도 시들해지겠지요. 그러면 다른 곳으로 옮길 수 있을 겁니다."

그의 따뜻한 말도 깊고 검은 우물 속에 잠긴 내 마음을 위로하지는 못했다. 나는 김이화에게 고개를 숙여 보인 후 방으로 들어갔다. 어두컴컴한 방 안은 사방이 막힌 감옥이었다. 나는 그 감옥에 웅크리고 누웠다. 그날 밤 나는 꿈을 꾸었다. 꿈속에서 나는 고향집에 있었다. 아버지는 오래간만에 만나는 자식에게 술 한 잔을 권했다. 한때 나를 누구보다 자랑스럽게 여겼던 아버지. 아버지는 그간의 고통은 어딘가에 숨겨 놓고 웃는 낯으로 나를 맞고 있었다. 동네 개가 컹컹 짖고, 아이들 뛰노는 소리가 마당 가득 퍼졌다. 어디선가 "아버지." 하는 작은 소리도 들려왔다. 고개를 돌려 보니 한 줄기 시원한 바람이 내 온몸을 간질였다. 그리운 풍경들이 한순간에 사라졌다. 눈물이 흘렀다. 나는 눈물을 닦을 생각도 하지 않은 채 더러운 이불을 뒤집어썼다. 달도 없는 기나긴 밤이었다.

어렵게 꺼낸 이야기 잘 들었네. 참으로 신산스러운 세월을 보냈군그래.

자네에 비하면…….

누구에게나 제 고통이 가장 견디기 힘든 법일세.

가슴이 먹먹했다. 유상량이며 김명세 따위는 다 잊었다고 생각했다. 아니었다. 그들의 기억은 내 머릿속에 독사처럼 웅크리고 있었던 것뿐. 자신의 이름을 들은 그들은 혀를 날름거리며 내게 다가왔다. 그들이 머물렀던 자리엔 그들이 벗어 놓은 허물이 그대로 있었다. 그 허물들은 아예 작은 산을 이루었다. 고개를 돌렸다. 손을 내저었다. 그들을 쫓아 보낸 건 이옥의 한마디였다.

이 글들은 또 무엇인가.

그는 내게 종이 뭉치를 내밀었다. 유배지인 진해에서 쓴 글들이었다. 신유년(1801) 내 유배지는 부령에서 진해로 옮겨졌다. 북쪽 끝에서 남쪽 끝으로 옮겨 가게 된 것이다. 내가 고개를 젓자 이옥은 고개를 끄덕인 뒤 글들을 넘겨보았다.

재미있는 제목들이네그려. 해원앙, 문절망둑…… 이것들은 다 무엇인가.

고개를 들어 이옥을 바라보았다. 여전히 웃는 얼굴의 이옥이 내게 종이 뭉치를 건넸다. 나는 마음을 가라앉히려 애썼다. 그러고는 천천히 입을 열었다.

웃지 말게. 물고기 이름일세.

물고기라, 필경 거기에는 곡절이 있을 터. 그 곡절부터 들려주겠나.

곡절이라…….

곡절이 없을 리 없었다. 부령의 처음은 괴로웠으나 내내 그런 것은 아니었다. 부령에도 사람이 살고 있었던 것. 나는 그들과 부대끼면서 몸을 추스르고 정을 나누었다. 그러나 나라는 인간에게 안식은 허용되지 않았다. 새 임금이 보위에 오르자 서학에 대한 박해가 시작되었다. 누군가가 내 사건이 서학과 관련이 있음을 기억해 냈다. 서울로 올라간 나는 심문을 받았고 심문이 끝나자 새로운 땅으로 보내졌다. 그곳이 바로 진해였다. 갑작스러운 변화에 내 몸은 견뎌 나지를 못했다. 나는 도착하자마자 그대로 앓아누웠다. 몇 날 며칠을 앓았는지 기억조차 할 수 없었다. 서울이 나타났다 사라지고 부령이 나타났다 사라졌다. 눈을 떴을 때 내 곁에는 어린 소년이 앉아 있었다. 소년이 큰 눈을 더욱 크게 뜨며 소리를 질렀다.

"드디어 깨어나셨네요."

소년의 이름은 영무였다. 열두 살 먹은 영무는 주인집 아들이었다. 영무는 꽤 똑똑한 아이였다. 어부의 자식이면서도 글을 읽을 수 있었고, 어린아이답지 않게 상대를 배려할 줄 아는 아량도 지녔다. 영무는 내가 몸을 추스를 때까지 곁에서 수발을 들어 주는 수고를 아끼지 않았다. 나는 영무를 보면서 고통을 잊어 갔다.

어느 정도 몸이 회복되자 나는 영무와 함께 밖으로 나가기 시작했다. 문만 열면 바다가 보이는 곳이니 자연스럽게 낚싯대 하나 들고 나가는 것이 일과가 되었다. 어느덧 아침이 되면 영무는 담뱃대와 차를 미리 챙겨 들고 문밖에서 기다릴 정도가 되었다. 가까운 바위 위에서 낚시를 할 때도 있고, 배를 타고 먼바다로 나갈 때도 있었다. 영무의 아버지와 함께 수백 리 밖까지 나갔다 온 적도 있었다. 낚시는 늘 영무의 몫이었다. 처음 한두 번 낚싯대를 들어 보기는 했으나 물고기도 내 알량한 솜씨를 아는지 낚싯대 주변만을 유유자적 헤엄칠 뿐이었다. 어차피 낚시는 내게 어울리는 취미가 아니었다. 내 관심을 끈 것은 영무가 잡은 물고기들의 생김새였다. 유배 오기 전까지 평생을 서울에서만 산 내게 바다는 놀라운 생명체의 집산지였다. 연어, 민어, 오징어, 방어 등이 물고기의 전부인 줄로만 알았다. 그게 아니었다. 바다는 신선한 충격을 주었다. 영무가 전에 보지 못한 새로운 물고기를 잡아 내밀 때마다 나는 탄성을 질렀고, 그 탄성과 함께 나의 상처는 하나씩 하나씩 아물어 갔다. 몇 달을 그렇게 보내고 보니 손이 근질거렸다. 그저 보고 지나치기에는 너무나 재미있는 정보들이었다. 다음 날부터 나는 물고기에 대한 정보를 기록해 나가기 시작했다. 처음에는 물고기 이야기만 썼다. 그런데 가만 보니 물고기는 물고기로만 존재하는 것이 아니었다. 물고기의 삶은 진해 사람들의 삶과 긴밀하게 연결되어 있었다. 비로소 사람들의 모습이 눈에 들어오기 시작했다. 나는 영무와 함께 어부들을 만났고, 부녀자들이 모여 떠드는 소리를 멀찌감치 서서 훔쳐 들었다. 그렇듯 한 계절을 지내니 물고기 이야기가 만들어졌다. 겉은 물고기 이야기이나 실은 사람의 이야기인 그런 이야기가 만들어졌다. 이를테면 이러한 글들.

　원앙은 이름이 원앙어라 하고 해원앙이라 하기도 한다. 생김새는 연어와 비슷하다. 입이 작고 비늘은 비단 같고 아가미가 붉다. 꼬리는 길고 몸통은 짧아 마치 제비 같다. 이 물고기는 암컷과 수컷이 반드시 붙어 다니는데, 수컷이 가면 암컷이 수컷의 꼬리를 물고서는 죽어도 떨어지지 않는다. 그 때문에 낚시꾼들은 반드시 쌍으로 잡는다. 이곳 토박이들은 “이 물고기를 잡아 눈을 빼내 말렸다가, 사내는 암컷의 눈알을 차고 계집은 수컷의 눈알을 차면, 부부가 서로 사랑하게 할 수 있습니다.”라고 말한다. 이 물고기가 항상 있는 것은 아니다. 내가 세 들어 사는 집 이웃에 이생이란 자가 살았는데 한번은 거제도 앞바다로 고기잡이를 나갔다가 잡아 가지고 돌아와서 내게 보여 준 적이 있다. 물고기는 이미 절반이나 말랐는데도 오히려 꼬리를 문 채 떨어지지 않았다.

　문절망둑은 일명 잠자는 고기라고 한다. (……) 문절망둑은 물이 얕고 모래가 많은 해변에 있다. 밤이면 반드시 대오를 이루어 구슬을 꿴 것처럼 줄지어서 머리는 물 밖을 향하고 몸은 물속을 향하고서 잠을 잔다. 성질이 잠자는 것을 몹시 좋아해서 잠이 깊이 들면 사람들이 손으로 잡아도 모른다. 그래서 이곳 사람들은 대나무를 엮어 큰 통발을 만드는데, 통발의 위는 좁게 만들고 통발의 아래는 넓게 만들어서 뚜껑과 바닥 없이 가운데가 긴 자루로 만들어 놓는다. 밤이 깊어지면 관솔불을 잡고, 모래밭의 문절망둑이 드나들며 모이는 곳에 통발을 덮어 둔다. 그러면 통발의 반은 물속에 들어가고 반은 모래 위로 나와 있어서, 문절망둑이 모두 이 통발 속에 들어가게 된다. 그러면 통발 위의 구멍으로 손을 넣어 더듬어 가며 고기를 잡는다. 죽을 쑤어 먹으면 향긋하고 부드러워서 쏘가리와 같고, 회로 먹으면 더욱 맛이 좋다. 이곳 사람들은 "문절망둑을 많이 먹으면 잠을 잘 잔다."고 말한다.

조개 중에서 명주조개는 서해에서 나는 모시조개와 비슷하다. 모시와 명주의 의미는 유사하지만 모시조개는 껍질이 작고 가볍고 고와서 사랑스럽다. 그런데 명주조개는 모시조개에 비하면 무척 커서 큰 것은 주먹만 하다. 서울의 풍속을 보면, 단옷날 새 모시조개를 사서 껍질째로 끓여서 탕을 만드는 것을 와각 탕이라고 했다. 와각이란 방언으로 조개이니 소리가 와각와각 나기 때문이다. 여자아이들은 오색 비단 조각을 모시조개 껍질에 붙이고, 비단실로 한 줄에 세 개나 다섯 개 정도 꿰어서 차고 다녔다. 이것을 부전조개라 불렀다. 요즘 포구의 여인들도 채색 비단을 조개 껍질에 붙여서 차고 다닌다. 그러나 조개가 크고 비단이 거칠어, 마치 잘못 흉내 내는 미인 꼴 같아 몹시 우습다.

허허, 자네다운 글일세.
그러한가?

자네는 참으로 예리한 관찰력을 지녔네. 난 늘 그 점이 부러웠다네.

그것 참.

이옥의 칭찬에 얼굴이 뜨거워졌다. 다른 이도 아닌 이옥의 칭찬이다. 그를 넘어설 수 없다는 생각에 늘 절망하며 지냈던 때가 떠올랐다. 그런 그에게 칭찬을 듣다니.

그런데 말일세. 실상은 다 자네에 대해 쓴 글들이로군. 그렇지 않은가?

나는 고개를 끄덕였다. 이옥은 내 속내를 정확히 꿰뚫고 있었다. 물고기를 관찰하고 사람들을 관찰했다고 하지만 실은 다 핑계에 지나지 않았다. 나는 물고기를 빗대, 사람들을 빗대 내 속내를 털어놓고 있었기 때문이다. 「해원앙」에는 내가 그리워하는 사람의 모습이 들어가 있었다. 욕심이라고는 다 버린 나였지만 해원앙 눈알만큼은 무슨 수를 써서라도 꼭 갖고 싶었다. 가진 돈을 탈탈 털어 영무에게 주고는 해원앙 눈알을 구해 오라 시킨 적도 몇 번이나 되었다. 그러나 해원앙을 전해 줄 사람은 너무나 먼 곳에 있었다. 해원앙을 구해다 놓고 상해서 버리기를 여러 번 거듭한 후에야 나는 미련을 버릴 수 있었다.

「문절망둑」은 내가 도통 잠을 이루지 못할 때 쓴 글이었다. 영무 덕분에 몸은 괜찮아졌지만 마음마저 즐거운 것은 아니었다. 낮 동안은 괜찮다가도 밤만 되면 온갖 괴로움이 몰려와 나를 괴롭혔다. 이리 누워 보고 저리 누워 봐도 도무지 잠을 이룰 수 없는 날들이 계속해서 이어졌다. 보다 못한 영무가 제 아버지를 닦달해 얻은 문절망둑으로 죽을 쑤어 주었다. 문절망둑 덕분이었을까, 영무의 정성 덕분이었을까. 아무튼 나는 지독한 불면의 밤에서 서서히 벗어나기 시작했다.

「부전조개」 또한 서울을 향한 그리움의 소산이었다. 남쪽 끝에서 부전조개를 보았을 때의 그 당혹감을 어찌 설명할 수 있을 것인가. 서울 여인들의 풍속을 어디선가 전해 들은 이곳 여인들은 커다란 명주조개에 비단 조각을 붙여 자랑스럽게 달고 다녔다. 그 어설픈 흉내라니. 귀여운 소리가 나야 할 조개에서는 땅을 박박 긁는 소리가 났고, 다소곳해야 할 여인들은 고개를 빳빳이 들고 자랑스러운 기색을 숨기지 않았다. 그 광경을 통해 나는 내가 떠나온 곳의 아름다움을 뼈저리게 느껴야만 했다.

미안하이. 결국 나는 나에게서 한 치도 벗어나지 못한 셈이었네.

미안하긴. 그게 바로 자네인걸. 자네가 쓴 글들을 쭉 읽고 나니 한 가지 궁금증이 생겼네.

그게 뭔가?

부령 말일세. 부령에서 자네는 어떻게 견뎠는가?

이옥은 마지막 종이 뭉치를 내게 흔들어 보였다. 끝내 외면하고 싶은 글들. 하지만 더 이상 외면할 수는 없었다. 이옥의 낮고도 단호한 목소리는 보이지 않는 감시자가 되어 나를 지켜보고 있었다. 나는 느릿느릿 마지막 글들을 펼쳤다.

7

생각하는 창문

　부령 시절을 이야기하려면 한 통의 편지부터 시작해야 한다. 글 뭉치를 뒤적여 편지 한 통을 찾아냈다. 김형유가 보낸 편지였다. 김형유는 부령 시절 내가 가르쳤던 학생 중의 한 명이다. 그 학생이 어른이 되어 진해에 머물던 내게 편지를 보냈던 것이다. 그 편지에 적혀 있던 내용은 이제 하나도 기억나지 않는다. 단 한 가지, 그 편지가 얼마나 힘든 과정을 거쳐 진해에 도착했는가는 결코 잊을 수 없다. 김형유가 편지를 쓴 날은 3월 13일, 내가 편지를 받은 날은 12월 5일이었다. 삼백 일이 걸렸으니 편지는 하루에 십 리씩 앞으로 나가 삼천 리 길을 걸어온 것이었다. 사람의 발걸음보다도 더 뎠던 편지의 행보, 그 속에 수많은 사연이 담겼으리라는 건

능히 짐작할 수 있었다. 그 사연을 읽자마자 『시경』의 문장이 떠올랐다. "해와 달을 바라보니 아득하여라, 이내 생각. 길이 멀다 하니 오실 수 있으랴?" 『시경』의 결론은 비관적이었으나 현실은 달랐다. 비록 더디긴 해도 편지는 끝내 내 손에 도착했으므로. 반갑고 또 반가웠다. 유배객에게 편지를 보내기란 쉽지 않았다. 오고 가는 편지는 부사의 감시망을 피할 수 없었다. 그런 마당에 편지를 보냈다는 것은 김형유의 굳센 마음을 그대로 보여 주는 증거가 되었다. 서울에서 알고 지내던 이들조차 철저하게 나를 외면하던 때였다. 벗들에게서조차 뜨문뜨문 오는 편지들, 그리고 위 서방을 통해 집에서 전해 오는 전갈이 내가 듣는 소식의 전부였다. 눈시울이 뜨거워졌다. 부령 시절이 결코 헛된 것은 아니었다. 나는 눈물을 훔치고 붓을 들어 편지를 썼다. 지금 내가 손에 들고 있는 건 편지를 부치기 전에 미리 옮겨 적은 글이다.

여기 남쪽 지방은 기후가 조금 따뜻하여 북쪽보다는 낫다네. 집주인도 무던하여 살아가는 형편이 대체로 안정되었네. 그러나 전날에 당한 모진 고문 때문에 넓적다리가 뻣뻣해져 제대로 걷지 못한다네. 뿐만 아니라 바닷가라 독한 장기(瘴氣)가 밤낮으로 스며드는 바람에 이가 흔들리고 머리털이 빠지고, 두 눈은 완전히 장님일세. 가끔 기분이 갑자기 좋지 않을 때면 더러 술을 가져다가 실컷 취하도록 마시고 세상만사를 잊어버리다가, 문득 왈칵 피를 토하곤 한다네. 이것이 어찌 오래 두고 보게 될 일이겠는가? 위 서방은 집으로 보내 일을 보도록 했네. 지금쯤은 무사히 지낼 터이니 염려하지 않아도 되겠네. 요즈음 서울이건 시골이건 일체의 문안 편지에 답장을 하지 않았네. 내가 게을러서가 아니라 마음속으로 무시무시한 생각이 들어 그랬네. 그러나 자네의 편지에 대해서는 본체만체할 수가 없었네. 삼천 리 밖에서 사람을 막아 버린다면 이것이 어찌 친구의 도리겠는가? 그래서 지금 대략 내 마음속을 드러낸 것이라네. 이제부터 또다시 삼백 일을 계산하면 모르긴 하지만 내년 십이월에나 이 편지가 그곳에 가닿겠지. 껄껄, 한번 웃어 주기 바라네.

편지의 말미엔 그를 생각하며 썼던 시도 붙어 있었다.

오늘 꿈길에 내 살던 집에 갔지.
둥그런 보름달 두둥실 떠올라,
지팡이 짚고 이리저리 뜰을 거닐다,
형유와 함께 도랑을 건너는데,
물이 깊어 고기들 유유히 잘 놀더군.
꿈 깨어 하늘 보니 달빛만 쓸쓸.

한참 후에야 그 편지를 내려놓으니 '생각하는 창문'이란 제목으로 쓴 일련의 글들이 눈에 들어왔다. 나는 눈을 한 번 감았다 떴다. 이제 더는 미룰 수 없었다. 오랫동안 입에 담지 못했던 이름, 꿈속에서만 그리워했던 이름, 머릿속에서 지워 버리려 모진 애를 썼던 이름, 그 이름을 떠올려야 했다.

그 이름은 바로 연희였다. 연희는 유배지에 온 사람들의 시중을 들어 주는 기생이었다. 인물도 보잘것없었고 나이도 적지 않았다. 그러나 연희는 그 누구보다 성실했다. 얼굴 한번 찌푸리는 기색 없이 나를 위한 소임을 다했다. 그것은 마지못해 하는 행동이 아니었다. 분명 그 이면에는 나에 대한 진심이 담겨 있었다. 연희는 나를 위해 밥을 지어 주고 옷을 만들어 주고, 이야기를 들어 주었다. 부령에서 나는 연희의 지아비였고, 연희는 내 안사람이었다. 연희 덕분에 나는 상처를 극복했으며, 유상량과 김명세 부류의 횡포에도 꿋꿋이 버텨 낼 수 있게 되었다. 그리운 연희, 지금은 무엇을 하고 있을까. 이옥을 쳐다보았다. 여전히 우태의 머리맡에 앉아 있었다. 내게는 괜찮다고 했지만 우태를 바라보는 눈빛엔 걱정하는 기색이 완연했다. 또다시 찾아오는 후회. 입술을 깨물고는 첫 글을 펼쳐 읽었다.

생각하는 창문, 이는 내가 세 들어 사는 집의 오른쪽 창문에 붙인 현판이다. 내가 북쪽에 있을 때는 어느 하루도 남쪽을 생각하지 않는 날이 없었는데, 남쪽으로 옮겨 오게 되자 또 어느 하루도 북쪽을 생각하지 않는 날이 없게 되었다. 생각이란 이렇듯이 때를 따라 바뀌는 것이지만 그 괴로움은 전날보다 더욱 심하였다. 창문에다 생각이라는 이름을 붙인 것은 이 때문이다. (……) 무릇 생각은 즐거워도 나고 슬퍼도 난다. 나의 생각은 어디에 있는가? 서 있어도 생각나고 앉아 있어도 생각나며, 걸어도 생각나고 누워도 생각난다. 어떤 때는 잠깐 생각나고, 어떤 때는 오래오래 생각난다. 어떤 때는 생각을 오래 할수록 더욱 잊지 못한다. 그러니 나의 생각은 어디에 있는가? 생각하여 느낌이 있으니 소리가 나오지 않을 수 없고, 소리에 따라 운을 붙이니 곧 시가 되었다.

『사유악부(思牖樂府)』, ‘생각하는 창문’이라는 뜻의 시집에 쓴 서문이었다. 부령을 생각하며 매일매일 한두 편씩 쓰다 보니 어느새 290편이나 되었다. 가장 많은 분량을 차지한 것은 연희에 대한 것이었다. 이를테면 다음과 같은 글들.

우물가에 빨간 앵두가 수천 송이 열렸다.
긴 가지 짧은 가지 열매 맺어 늘어졌네.
연희가 손수 따서 광주리에 담고 보니
동글동글 하나같이 수정 빛으로 영롱하다.

한 알 떼어 내어 입에 넣고 연희가 이르는 말

“내 입술이 붉은가요 앵두가 붉은가요.”

그 탐스러운 가지들은 지금은 어떻게 되었을까. 우물가에 모인 처녀들은 그 앵두들을 따 먹으며 무슨 이야기를 나누고 있을까. 꽃다운 시절을 떠나보내고 이제는 홀로 늙어 갈 연희, 연희는 그 앵두를 보며 가끔씩 내 생각을 하기나 할까. 한숨을 쉬고 고개를 저었다. 연희를 떠나온 것은 나였다. 진해 시절 편지를 몇 번 보내기는 했으나 그것이 다였다. 유배에서 풀려난 후로는 한 번도 연락한 적이 없었다. 내게는 가족이 있었다. 연희의 고마움이야 이루 말로 다 표현할 수 없지만 연희는 어디까지나 유배지에서 만난 사람이었다. 내 가족이 연희의 존재를 아는 것을 나는 원하지 않았다. 유배지의 일은 유배지에서 끝나기를 바랐다. 『사유악부』를 한 번도 펼쳐 보지 않고 이날까지 온 것은 그러한 이유 때문이었다. 연희가 내게 해 준 것을 생각하면 그건 참 비겁한 행동이었다. 다시 이옥을 바라보았다. 그가 싱긋 웃어 보였다. 이옥, 그는 모진 고초를 겪었지만 비겁한 남자는 아니었다. 그는 임금의 거센 추궁에도 자신의 문체를 포기한 적이 없었다. 그 대가로 그는 길에서 일생을 보냈다. 아들 우태 또한 그 길 한가운데에서 얻었다. 모두들 이옥에게 손가락질을 했다. 한

번만 고개 숙이면 될 것을. 쯧쯧, 자신이 뭐 문장의 대가라도
된단 말인가. 자기 주제를 제대로 좀 파악해야지.

수많은 충고와 비난이 화살처럼 그에게 쏟아졌다. 그는 알
았다는 듯 늘 비굴하게 고개를 끄덕였다. 그뿐이었다. 돌아
서면 그는 다시 제 길을 갔다. 나의 삶은 그와는 반대였다.
유배 떠나는 날까지 내게 닥친 현실을 믿을 수 없었다. 그 결
정을 뒤엎기 위해 노력했고, 마지막 순간까지 목을 쭉 내밀
고 임금의 은전이 닿기를 기대했다. 부령에서 연희의 도움으
로 가까스로 사람다운 꼴을 유지하며 살 수 있었음에도 유배
에서 풀려난 뒤로는 마치 그런 일은 있지도 않은 것처럼 까
맣게 잊어버렸다. 현감의 자리를 얻은 과정도 그러했다. 유
배에서 풀려난 나는 전원에 틀어박혀 채소밭을 일구며 살았
다. 몸은 편안했으나 마음은 편하지 않았다. 여태껏 나를 기
다렸던 가족들은 내가 무언가 하기만을 기다리고 있었다. 그
말 없는 바람을 외면할 용기가 내게는 없었다. 고민 끝에 나
는 김조순을 찾아갔다. 임금의 장인인 김조순은 나라의 권세
를 좌지우지하는 실세 중의 실세였다. 물론 그에게 벼슬자리
를 내 달라고 노골적으로 청탁한 것은 아니었다. 나는 에둘
러 말할 줄 아는 사람이었다. 술 한 잔 앞에 놓고 옛 시절을
추억했다.

"함께 패관소품을 읽던 그 시절을 기억하는가."

옛 시절을 그리려 던진 말은 아니었다. 그저 그가 그 시절을 떠올리기만을 바랐을 뿐. 그의 얼굴에 웃음이 흘렀다. 그가 고개를 끄덕이자 나는 그저 지나가는 듯 무심하게 준비된 미끼를 던졌다. "먹을 것이 없어 울부짖는 아이를 보는 일이 참으로 고통스럽네."

김조순은 착한 심성을 지닌 사람이었다. 그는 늘 내게 일종의 부채감을 느끼고 있었으리라. 소설에 탐닉한, 그의 죄 아닌 죄를 나나 이옥이 짊어졌다는 사실에 몇 날 며칠을 잠 못 이루었으리라. 그는 베푸는 티도 내지 않고 내게 현감 자리를 조용히 쥐여 주었다. 현감은 내게 딱 맞는 옷처럼 잘 어울렸다. 먹고사는 문제는 절로 해결되었고, 마을의 온갖 잡무는 실무에 능통한 아전들이 알아서 처리해 주었다. 나는 마을의 유지들을 만나 시를 읊고 술잔만 기울이면 그만이었다. 마지막으로 이옥을 만났던 때를 기억한다. 그는 아무 말도 하지 못하고 내 거처를 떠났다. 처지로 보아 무척 어려운 게 분명했지만 그는 거기에 대해서는 일절 언급하지 않았다. 이옥은 그런 사람이었다. 아무리 빈궁하고 어려워도 자기의 마음이 거절하는 일은 도무지 하지 못하는 사람.

나는 한숨을 내쉬고는 『사유악부』를 펼쳤다. 이제 더 외면할 수는 없었다. 내가 어떤 사람이었는지를 똑바로 쳐다봐야 했다. 나는 마음에 부담이 덜한 글부터 읽어 나갔다. 부령 사람들을 그리워하는 글들이었다. 험한 지역답게 부령에는 유독 힘을 잘 쓰는 사람이 많았다. 그들은 겨울 들판을 논밭처럼 누비며 사냥을 하고 활을 쏘았다.

키 작으나 다부진 지구관 최복,

눈매는 이글이글 날래기는 원숭이.

젊어서 배운 화승총 그 솜씨 뛰어나서

남산골 드나들며 곰 잡으며 산다네.

사냥을 업으로 삼은 최복에게는 믿기지 않는 사건들이 많았다. 술 한 잔 마시면 그는 자신의 무용담을 숨기지 않고 털어놓았다. 한번은 곰이 그의 뒤에서 달려든 일이 있었다. 곰에게 한 팔을 물렸지만 그는 정신을 놓지 않았다. 들고 있던 총으로 곰의 입을 쳤다. 강한 충격에 곰은 나가떨어졌고 최복은 그 순간을 놓치지 않고 총을 들어 곰을 쏘았다. 그는 소매를 걷어 상처를 보여 주었다. 살점이 떨어져 나간 흉측한 팔뚝이 보였다. 그러나 그 흉터는 그에게는 영광스러운 훈장이나 마찬가지였다. 최고의 사냥꾼답게 그는 아무 동물이나 잡지 않았다. 노루 사슴 정도는 아예 잡을 동물로 치지도 않았다. 공자님 말씀을 한 번도 읽은 적이 없는 최복이었지만 나는 그를 볼 때마다 『논어』를 떠올렸다. 그는 총을 들고서도 공자가 말한 인(仁)을 실천하고 있었던 것이다. 말 잘 타고 활 잘 쏘는 황대석, 남제백의 아들 성극, 문무에 고루 뛰어난 솜씨를 발휘하는 지덕해 같은 이들도 서울에 살았더라면 무관으로 이름을 날렸을 인물들이다. 그러나 북쪽 구석에서 그들이 할 수 있는 일은 많지 않았다. 남성극은 자신의 재능을 숨기고 농사일에만 힘을 기울였고, 지덕해는 술자리에서만 자신의 재능을 과시할 뿐이었다. 황대석의 경우는 더욱 안타까웠다. 황대석은 경성과 부령 두 고을의 무술을 겨루는 시합에서 당당하게 일등을 했다. 그러나 유상량은 황대석에게 약속한 상을 내리지 않았다. 유배 온 나와 친하게 지내는 꼴이 마음에 들지 않았던 것이다. 황대석이라고 별수 있겠는가. 그저 술 한 사발로 쓰린 속을 달랠 수밖에 없었다. 그런데 그중에서도 가장 잊을 수 없는 인물은 칠십 줄에 접어든 노인 이제할이었다. 겉보기에 그는 이 빠지고 주름 많은 시골 노인에 지나지 않았다. 하지만 나는 말에 올라 들판을 달리는 그의 모습을 보고 내 첫인상이 완전히 틀렸음을 깨달았다. 내게 글을 배우는 그의 손자 이의겸은 할아버지를 무척이나 자랑스러워했다. 젊었을 때는 부령 최고의 무사였다는 것이다. 그러나 그는 무사였던 과거를 드러내지 않으려 애썼다. 손자에게 글공부를 시키거나 시간이 남으면 낚시하는 것으로 소일을 했다. 가끔씩 술자리를 가졌어도 옛날 이야기는 거의 꺼내지 않았다. 내가 보채자 그저 웃으며 이렇게 말할 뿐이었다. "여생을 조용히 보내고 싶습니다."

나는 그에게서 재능을 발휘하지 못하고 늙어 버린 무사의 슬픈 모습을 보았다. 황대석, 남성극, 지덕해의 미래도 이제 할의 그것과 다르지 않을 터였다. 부령 땅에서 좌절한 것은 나만이 아니었다. 내게는 언젠가 해배되리라는 희망이라도 있었지만 부령 땅의 무사들에게는 평생이 유배였던 것. 내가 그들에게 해 줄 수 있는 일이라곤 그저 글을 짓는 것뿐.

부령 땅 오랜 장수 이름난 이 그 누군가

지금은 이제할, 그는 늙었어도 아직 정정하네.

올해 나이 일흔이나 아직도 용감하여

넉 자 길이 뿔활에다 돌 활촉 메우고서

안장 없는 말 잔등에 채찍 하나 휘두르며

나는 새처럼 오락가락 올려 닫고 내리뛰네.

요즈음은 손자에게 글공부시키면서

때로는 낚시 들고 시냇가에 나간다네.

고기에는 마음 없고 은둔 생활 즐기거니

늙은이의 속 취미란 바로 그런 것이라네.

그들과 나누던 술자리가 마치 어제 일처럼 생생하게 느껴졌다. 그들은 어떤 일상을 보내고 있을 것인가. 지금도 들판을 누비며 곰과 호랑이를 잡고 있을 것인가. 이제할은 여태 살아 있기나 한 걸까. 그들이 보고 싶었다. 북방에서 보낸 그 날들에 비하면 지금의 나날들은 마치 잔잔한 연못 속의 하루하루 같았다. 가끔씩 불어오는 미풍만이 흔들림의 전부였다.

생각은 또다시 연희에게로 이어진다. 내가 부령 사람들을 만나 벗처럼 지낼 수 있었던 것, 그것은 사실 연희 덕분이었다. 연희 덕분에 나는 마음속 상처를 어느 정도 치유했으나 연희에게 부령에서의 나는 빌붙어 사는 유배객일 뿐이었다. 골방에 틀어박혀 글만 끼적거리는 내게 연희는 활로를 열어 주었다.

"아이들을 좀 가르쳐 보세요."

귀가 번쩍 뜨였다. 부령에서 제대로 된 글 스승을 찾기란 쉬운 일이 아니었다. 때문에 학문에 관심이 있어도 흐지부지 세월을 보내는 것 외에 다른 도리가 없었다. 그러다 보면 그들이 갈 길이란 뻔했다. 온 힘을 다해 무력을 닦아 사냥꾼이 되거나 아전에게 빌붙어 조그마한 이득이라도 취하는 자가 되는 것. 내가 고개를 끄덕이자 연희가 아이들을 알아봐 주었다. 가장 먼저 나를 찾아온 아이는 연희의 이웃집 사람인 서운대의 두 아이였다. 내가 아이들을 가르친다는 소문은 빠르게 퍼졌다. 어두컴컴한 골방은 아이들의 글 읽는 소리로

채워져 갔다. 생판 글도 모르는 아이들을 가르치는 일은 생
각지도 못한 큰 즐거움을 주었다. 어느 정도 시간이 흐르자
혼자서 글을 배운, 조금은 머리 큰 학생들도 나를 찾아오기
시작했다. 그때 나를 찾아온 학생들 중 하나가 바로 의원 집
아들 김형유였다. 이옥이 다가와 그즈음의 일을 기록한 글을
소리 내어 읽는다.

변방 살이 다섯 해에 낯이 익어서

아이들까지 진정으로 사랑했네.

서씨네 두 아이 모두 예뻤고

인아와 진아는 쌍둥이였지.

춘갑이 남매는 잘 있는지?

누이동생 아빠 없어 가련했지.

영득이는 천성이 느릿느릿했고

석편이와 방자는 짐을 잘 졌지.

양 갈래로 땋은 머리 눈에 선한데

그 아이들 언제나 다시 볼는지.

아이들에게 손을 뻗은 것은 뜻밖의 소득을 낳았다. 부령 사
람들이 나를 다시 보기 시작한 것이다. 처음 얼마 동안 나는
그들의 기피 대상이었다. 나랏일과 관련된 것이라면 그들은

일단 피하고 보았다. 가까이해서 좋을 게 하나 없었으므로. 때문에 나 같은 유배객이야말로 그들이 접해서는 안 될 가장 위험한 존재였다. 그들은 집 안에 숨어 내 일거수일투족을 살펴보았고, 행여 길에서 마주칠까 멀리서부터 돌아가곤 했다. 하지만 제 아이들에게 쏟는 정성을 보곤 하나둘 생각을 바꿨다. 고기 한 마리, 술 한 병을 들고 나를 찾아오는 이들이 생겼다. 며칠이 지나자 사람들은 나를 보고 알은체를 하기 시작했다. 처음 마음을 열기가 어려워서 그렇지 일단 마음을 열고 나면 누구보다도 쉽게 가까워질 수 있는 사람들이 바로 부령 사람들이었다. 부사가 두 눈을 부릅뜨고 날 지켜보고 있다는 사실을 알았지만 그들은 내게 뻗은 따뜻한 손을 거두지 않았다. 다시 얼마가 지나자 나는 십년지기 친구라도 된 것처럼 그들과 자주 어울리게 되었다. 그들과의 만남에서 중요한 역할을 한 것이 바로 내 글솜씨였다. 술 한잔 마시고 나면 그들은 내게 글을 청했다. 그들에게 글이란 별세계의 것이었으므로. 그들의 마음을 알기에 기꺼이 글을 지어 들려주었다. 그것들이 바로 『사유악부』에 기록된 글들이었다. 단순히 그들의 모습을 칭찬하는 글들도 있었지만 유상량을 비난하는 글들도 드물게 섞여 있었다. 생활의 어려움을 토로하는 그들의 이야기를 듣고 차마 가만히 있을 수 없어 지은 것들이었다. 그들이 좋아한 건 사실 그런 부류의 글들이었다.

그 글들을 들려주면서 다른 이에게 전해서는 안 된다는 경고를 잊지 않은 것은 물론이었다.

내 글을 들은 이들은 낄낄거리면서도 울먹였다. 그러고는 옷소매로 눈가를 훔친 후 술잔을 들어 단숨에 비워 버렸다. 일단 시작하자 그 뒤로는 일사천리였다. 부령, 그곳은 글의 소재가 무한정 널려 있었다. 부령은 바닷가에 자리했지만 물고기 구경하기가 쉽지 않았다. 물고기를 잡을 어부가 없기 때문이었다. 물론 처음부터 어부가 없었던 것은 아니다. 유상량이 진상품으로 바치라고 요구하는 수가 너무 많아 어부란 어부는 죄다 고기잡이를 포기하고 다른 고을로 도망갔기 때문이었다. 유상량은 진상품이라 했지만 그 말은 사실과 달랐다. 전해의 흉년으로 나라에서는 겨울철 진상을 그만두게 했다. 유상량에게 그 소식은 가뭄의 단비와도 같았다. 지금까지는 나라에 바치고 남은 것을 자신의 몫으로 챙겼지만 이제는 전량을 자신의 것으로 할 수 있다는 뜻이었다. 물고기를 바치는 것을 면제받기 위해서는 아전에게 돈을 바쳐야만 했다. 그러나 부사의 욕심이 커지자 아전들의 욕심도 덩달아 커졌다. 결국 이도 저도 감당할 수 없게 된 어부들은 차라리 도망가는 길을 택한 것이다. 나는 그 일을 이렇게 기록했다. "영북 땅 네 고을엔 어부들이 많았건만 집이며 배 버리고 이리저리 떠나갔네. 듣자니 올겨울은 물고기 진상 없었다는데 영문에선 숨겨 두고 이전대로 독촉하네."

잇속 챙기기에는 누구보다 알뜰하고 철저한 유상량은 소금 한 톨도 그냥 넘기지 않았다. 소금 없이 살 수 없다는 것은 유상량에게는 절묘한 치부의 수단을 제공해 주었다. 소금을 독점하고 비싼 값에 팔아넘기는 일에 재미를 들였다. 덕분에 부령 노인들은 나를 만나면 허허 웃으며 이렇게 말하곤 했다. "거친 맨밥을 그냥 넘기기는 힘이 든 법이구먼. 그동안에는 소금의 도움을 받았는데 유상량 덕분에 맨밥도 이제는 잘 먹게 되었어. 우리 부사님, 참 용하기도 하시지. 입맛도 바꿔 주시니 말이야." 나는 노인들의 말을 그대로 옮겨 적었다. "맨밥은 메스꺼워 넘기기가 힘든데 여섯 달을 소금 없이 맨밥으로 살아가니 올해에는 수령 덕을 톡톡히 본 셈일세."

수령이 그러하니 아전들도 제 세상 만난 것처럼 날뛰어 댔다. 한번은 동곡에 사는 곽씨 처녀가 오밤중에 납치되는 일이 벌어졌다. 아전인 마언방이 벌인 일이었다. 처녀를 마음에 두었지만 그녀가 자신을 탐탁지 않게 여기자 납치해서 강제로 혼례를 치른 것이다. 인륜 도덕이 무너진 사건이었지만 유상량은 별다른 징계조차 내리지 않았다. 유상량이 몰래 마언방의 누이 계섬을 불러들인 적이 있는 까닭에 그렇다는 소문이 돌았다. 똥 묻은 개가 겨 묻은 개를 나무랄 수는 없는 일. 부사의 약점을 단단히 움켜쥐고 있으니 부령을 제 손아

귀에 넣고 휘두르는 황장목 부사라도 어쩔 수가 없었던 것이
다. 결국 곽씨 처녀의 부모는 억울하기 그지없었지만 그저
하늘을 원망할밖에 다른 도리가 없었다. 무력하기는 나 또한
마찬가지였다. 명색이 사대부이면서도 한마디 따끔한 경고
의 말도 내뱉을 수 없었다. 나는 꼭꼭 눌러두었던 울분을 글
에다 토해 냈다.

처녀는 묶인 채 겁에 질려 말 못 하고
부모들은 발 구르며 하늘을 원망한다.
들리는 말 그 녀석은 고을 아전 자식이라
관가와 결탁하고 새 혼사를 이뤘단다.

내 생활에 활기가 생긴 것은 좋은 일이었다. 그러나 그런
나를 염려하는 이가 있었다. 바로 연희였다. 어느 날 밤 연희
는 걱정스러운 눈빛으로 나를 보며 이렇게 말했다.
"글짓기 조심하세요. 세상이 어지러워 화 당하기 쉽답니
다."
연희는 내가 글 때문에 화를 입었다는 사실을 알고 있던 터
였다. 연희의 말은 하나 틀리지 않았다. 지금까지는 괜찮았
지만 내가 쓴 글이 행여 유상량의 손에 들어가기라도 하는
날이면 한바탕 경을 칠 것이 분명했다. 나는 고개를 끄덕였

다. 글 쓰는 것도 좋았지만 연희가 내 곁에 머무르는 것이 더욱 좋았다. 괜히 연희의 마음에 상처를 만들고 싶지는 않았다. 나는 사람들에게 글을 써서 읽어 주는 일을 그만두었다.

며칠 후 뜻밖의 일이 벌어졌다. 앞산에서 봉화 연기가 솟아올랐다. 수십 년간 처음 있는 일이었다. 유상량은 허둥지둥 군사를 소집했다. 잔뜩 긴장한 채 한나절을 경계했지만 아무런 일도 일어나지 않았다. 누군가 장난을 친 것이었다. 유상량은 잔뜩 약이 올랐지만 범인을 밝혀내지는 못했다. 생각 같아서는 마을 사람들을 다 족치고 싶었겠으나 그것은 자신의 실수를 고스란히 인정하는 꼴이었다. 위엄을 수령의 덕목 중 최고로 치는 그로서는 결코 내키지 않는 일이었다. 또 다른 사건이 이어졌다. 한밤중에 관아에서 불이 난 것이다. 불은 건물 백여 칸을 태우고 꺼졌다. 불난 것 자체야 즐길 일은 아니었지만 처음으로 보는 유상량의 당황한 모습은 평생 잊지 못할 즐거움을 안겨 주었다. 들리는 바로는 벼락이 친 후 불이 붙었다고 하니 누구를 탓할 수도 없는 일이었다. 그 광경을 처음부터 끝까지 지켜본 나는 오래간만에 만족스러운 웃음을 흘리면서 글을 쓸 수 있었다.

북소리 나팔소리 성문에서 들리더니
한밤중에 천만 사람 왁자지껄 떠드누나.

그 소리에 놀라 깨어 창 열고 내다보니

관가에서 불이 일어 불길이 훨훨 솟네.

(……)

황장 사또 허겁지겁 대청에서 달아나니

지금쯤은 아마도 황장목을 잊었으리.

　시의 말미에는 이런 글까지 덧붙였다. "유상량이 도호부사로 있을 때 아문에서 불이 일어 관가 건물 백여 채가 불타고 여염집까지 번져 한밤중에 나팔을 불어 군사들을 모으니 온 고을이 놀라서 야단법석이었다."

　오래간만에 호탕하게 웃어 보았겠네.

　이옥이 말을 걸어왔다. 나는 쓸쓸히 고개를 끄덕였다. 이옥은 내 마음을 정확히 짚어 냈다.

　그러고는 안 좋은 일이 일어났던 게지?

　이옥의 말대로였다. 내 웃음은 오래가지 않았다. 날이 밝자마자 포졸들이 들이닥쳐 나를 관아로 끌고 갔다. 관아에 끌려온 건 나 혼자만이 아니었다. 나와 한두 번이라도 만났던 사람들은 모조리 끌려와 있었다. 모진 유상량은 아이들까지 끌고 와 무릎을 꿇게 만들었다. 유상량이 내게 호통을 쳤다.

　"요즈음 사람들을 들쑤시고 다닌다던데 그게 사실이냐?"

　"같이 만나 술이나 마신 것뿐입니다."

“이상한 글을 읊었다는 소문도 있다. 정말이냐?”

나는 잠시 고민하다 고개를 저었다. 그걸 인정했다간 제 명에 죽지 못할 터였다. 내가 고개를 젓자 유상량은 다른 사람들에게 똑같은 질문을 했다. 고마운 것은 그 누구도 그 사실을 인정하지 않았다는 점이다. 지덕해나 황대석은 물론이고 늙은 이제할도 말없이 고개를 저었으니. 유상량이 입술을 삐쭉이더니 김형유를 형틀에 묶었다. 태 열 대를 치게 한 후 그에게 물었다.

“너라면 알 것이다. 네 선생이란 자가 무슨 글을 지었는지.”

유상량의 생각은 옳았다. 내가 가르치는 학생 중 가장 영민한 아이가 바로 김형유였다. 나는 그에게 내가 지은 글을 들려주고 싶은 유혹을 견딜 수가 없었다. 김형유는 꿋꿋했다. 신음 소리 하나 내지 않고 열 대를 더 견뎌 내고도 입을 열지 않았다. 유상량은 어쩔 수 없다는 듯 김형유를 풀어 주었다. 잠시 후 관아 문이 열리더니 김명세가 들어와 고개를 숙였다.

“이 잡듯 싹싹 뒤졌지만 하나 나온 것이 없습니다.”

김명세의 뒤에는 연희가 고개를 숙이고 서 있었다. 속으로 안도의 한숨을 내뱉었다. 내가 끌려가자마자 연희는 내가 썼던 글들을 그들이 찾을 수 없는 곳에 숨겨 둔 것이 분명했다. 연희 덕분에 또 한 차례의 위기를 넘기게 된 것이다. 아무리 유상량이라도 죄 없는 이들을 몇십 명씩 잡아 가둘 수는 없었다. 결국 유상량은 하룻밤 나를 가두었다가 풀어 주고 말았다.

연희의 덕을 보았군그래.

그렇다네. 연희가 아니었으면 한바탕 고초를 겪어야 했겠지.

그건 그렇고 봉화는 누가 올린 것인가. 내 짐작엔…….

자네 짐작이 맞을 걸세. 바로 김형유라네. 풀려나 돌아가는 길에 내 귀에 대고 자신이 그랬다고 속삭이더군.

그 스승에 그 제자일세.

그런 셈이지.

알겠네. 자, 이제 그럼 이야기해 보게나. 연희와는 어떻게 지냈나.

이제 남은 건 오직 연희와의 일을 기록한 글뿐이었다. 쉽사리 손이 가지 않았다. 이옥이 내 손을 잡았다 놓았다. 이옥의 생각이 옳았다. 외면하고 싶더라도 결국은 맞서야만 했다. 지금이 아니면 다시는 볼 수 없는 그 시기, 그 그리운 시기의 글들. 첫 글은 이렇게 시작된다.

연못에 붉게 핀 연꽃 천만 송이
연희 생각에 더욱 사랑스럽구나.

마음도 같고 생각도 같고 사랑 또한 같았으니
한 줄기에 나란히 난 연꽃을 어찌 부러워했으랴.
평생을 살면 즐거운 이가 원망스러운 이가 되고
좋은 인연이 나쁜 인연이 되는 건지.
하늘 끝과 땅 끝이 산하에 막혀서
죽도록 부질없이 이별가만 불러 대네.
전생의 죄과로 이생에서 이렇게 고생하는지
연희야, 연희야. 너를 어찌하랴.

나는 내가 쓴 글을 읽고 또 읽었다. 내 필체가 분명하니 내가 쓴 글이 분명했다. 하지만 그 글 속의 정서는 이제는 내게 낯선 것이 되었다. 연희를 아끼고 그리워한 것은 사실이었다. 부령에서의 애틋한 기억에 가끔씩 혼자 먼 하늘을 바라본 적도 있었다. 그러나 이토록 절절하고 아픈 마음을 가지고 있었다는 것은 도무지 믿기가 어려웠다. 읽고, 읽고 또 읽자 비로소 그 시기의 감정이 생생하게 되살아났다. 글은 거짓을 말하지 않는다. 나는 연희를 진심으로 아끼고 사랑했던 것이다. 두려움이 엄습해 왔다. 이대로 글을 덮고 싶었다. 아니었다. 오늘을 끝으로 다시는 보지 않는 한이 있더라도 오늘은 다 읽어야만 한다. 이대로 물러설 수는 없는 일이다. 나는 몸을 꼿꼿이 곧추세웠다. 그러고는 연희의 추억이 묻어 있는 글 속으로 빠져 들어갔다.

북풍이 휘몰아쳐 골짜기에 얼음이 가득한데
자리만 한 눈꽃 송이에 차가운 집이 파묻혔네.
빈 침상에 홀로 누워 있자니 수심만 많은데
찢어진 창 문풍지엔 바람이 펄럭펄럭 때리네.
문득 들리네, 또각또각 돌길을 걸어오는 소리
연희가 눈길을 밟고 와 사립문을 두드리네.
새까만 호리병을 왼손에 들고서
화로 앞으로 달려가 손수 술을 데우네.
거나해져 긴 노래 부르니 귓불이 더욱 훈훈해
세상에 그 누가 그대만 하랴?

긴 여름 장마에 개울이 넘쳐
닷새나 연희 얼굴 보지 못했네.
오늘 밤 비 개고 모래톱에 달이 뜨니
물가의 푸른 버들 비단처럼 살랑이네.
지팡이 짚고 신 신고 개울가로 나가는 건
연희에게 가려는 뜻 간절해서지.
그때 보았지, 모래 기슭 우거진 숲에
나뭇가지 살짝 흔들리며 그림자 스치는 것.

작은 우산에 치마 끌며 술병 들고서

연희는 벌써 다리 건너 이쪽으로 오고 있네.

기나긴 여름철에 질금질금 비 오는데

연희는 베틀 올라 베를 짜네.

나흘에 백 자 짜던 그 솜씨로 엿새 짜니

곱기는 비단 같아 아른아른 살 비치네.

두 필로는 단령에다 도포까지 만들었고

한 필로는 배자 짓고 겹저고리 말고서

한 필하고 열 자로는 홑중의 창의 짓고

등거리와 행전까지 새롭게 마련했네.

이 늙은이 몸뚱이에 씌워진 한 벌 옷이

모두가 연희 손수 지어 준 것이었네.

연희와의 이별은 갑작스럽게 찾아왔다. 새 임금이 즉위하자 지금껏 숨죽였던 노론 벽파가 숨겨 왔던 칼날을 마음껏 휘둘렀다. 그들은 친절하게도 나를 잊지 않았다. 신유사옥이 벌어지자 나의 여죄를 추궁하기 위해 서울로 불러들인 것이다. 서울로 돌아간다는 것은 다시는 부령으로 돌아올 수 없다는 뜻이었다. 유배객의 시중을 드는 것이 임무인 연희에게 이별은 정해진 수순. 이별에 익숙한 연희는 애써 담담한 표정을 지으려 애썼다. 나 또한 마찬가지였다. 서울에 돌아가면 여죄를 추궁하는 것으로 끝나지는 않을 터. 어쩌면 내 인생은 그것으로 끝날 수도 있었다. 그러나 그런 기색을 연희에게 보이고 싶지는 않았다. 두려움을 드러내는 순간 연희는 더 이상 참지 못하고 허물어질 테니. 마지막 날 우리는 우리의 앞날에 대해 도란도란 이야기를 나누었다. 유배객과 유배객을 수발하는 기생, 그 둘에게 미래 따위가 있을 리 만무했다. 그러나 이별의 아픔을 외면하기 위해서는 없는 미래라도 만들어 떠들어 대야 했다.

저번 날 연희와 나, 남몰래 약속했지.
도롱이와 삿갓 사 가지고 둘이 다 농군 되어
나는야 가래 들고 연희는 호미 잡고
백 년 동안 함께 살며 농사 재미 누리자고.
사람들 꿍꿍이속 자칫하면 망상이라
그때 약속 빈말 되고 지난 추억 더듬을 뿐
어이하면 훨훨 날아 좋은 고장 찾아가서
마음 맞는 그 사람과 옛 약속 지켜 볼꼬.

평생 씨 한번 뿌려 본 적 없는 남자와 여자가 농사를 꿈꾸었던 것이다. 그것 말고는 둘이 함께 지낼 수 있는 방법은 아무리 찾아도 없기에 나온 고심의 결과였다. 물론 그 약속이 이루어지지 않으리라는 것은 나도 알고 연희도 알았으리라. 그래도 그 꿈을 이야기하며 웃음 짓던 그날 밤은 어쩌나 아름답고 정겨웠던지. 밤이 가고 새벽이 다가오고 아침이 찾아왔다. 이제 헤어져야만 할 시간. 다시 만날 기약이라곤 없는 그 아침, 연희는 가슴속 깊이 담아 왔던 당부를 다시 한 번 건넨다.

연희가 타이르던 말, 글짓기 조심하세요.
세상이 어지러워 화 당하기 쉬우리다.
긴긴 밤 잠 안 자고 찬 이불 끼고 앉아
고금의 일 이야기하며 함께 눈물 흘렸지.
그날 마침 눈이 멎고 바람이 세찼어라.
푸른 하늘 물빛 같고 밝은 달 교교한데
뜰 앞에서 들려오는 마른 잎 지는 소리에
장차 이별할 생각 쓸쓸히도 나더니.

연희가 생각하기에 내가 당하는 고통의 근원은 글쓰기에 있었다. 지금껏 글 쓰는 선비를 우러러보기만 했던 연희였지만 내 글을 읽고 비로소 글을 쓰는 행위가 문제를 만들 수도 있다는 사실을 깨달았던 것이다. 내게도 그것은 범상한 충고로만 들리지는 않았다. 유배 오던 그날부터 늘 머릿속에서 떠나지 않던 한 생각, 그것은 바로 내가 쓴 글의 의미였던 것. 글이 무엇이기에 이토록 한 사람의 일생을 엉망으로 만들 수 있는지. 사람들의 환호에 어깨 한번 으쓱한 것치고는 너무도 참혹한 대가였다. 그토록 고초를 당하고도 글에서 손을 놓지 못하는 나는 또 무엇인지. 어쩌면 그 순간 나는 결심했을지도 모른다. 유배에서 풀려나면 더 이상 글은 쓰지 않으리라. 쓰더라도 고통스러운 현실을 담은 것이 아니라 일상을 찬양하고 유유자적을 노래하는 그런 글만 쓰리라.

자네, 나는 그런 사람일세. 글 따위는 아무래도 좋다는 그런 사람이 되어 버렸네. 자네, 내 말을 듣기는 하는 건가. 자네, 도대체 어디에 있는 건가.

돌아오는 대답은 없었다. 이옥은 더 이상 내 방에 있지 않았다. 아침 햇살이 문살에 그림자를 만들었다. 우태는 아직도 깨어날 줄 몰랐다. 괴로웠다. 나는 온갖 짐을 등에 지고 세상에 홀로 남겨졌다. 이 모든 현실, 나로 인해 생겨난 이 모든 불행에 등을 돌리고 싶었다. 그러나 그것은 불가능했다. 눈물이 주르르 흘러내렸다. 나는 사라진 내 벗을 향해 소리쳤다.

자네, 말 좀 해 보게나. 앞으로 나는 어찌 살아야 하나. 거기 서서 웃지만 말고 제발 말 좀 해 주게나.

8

글은 길 위에서 탄생한다

이제 이옥은 내 곁을 떠나갔다. 다시는 만나지 못할 거란 예감이 들었다. 예감이 아니라 오히려 확신에 더 가까웠다. 아쉬운 마음에 그의 글을 다시 한 번 뒤적거려 보았다. 무엇 하나 흠잡을 데 없는 글들. 부끄럽고 또 부끄러웠다. 우태가 깨어나기를 기다리면서 책장을 뒤적거렸다. 최근에 쓴 글들 이 나타났다. 현감이 된 후 나는 날마다 시 한 수씩을 써 오 고 있었다. 다음과 같은 것들.

가벼운 꽃바람에 실버들 늘어졌네.

덧없는 봄철은 이미 절반 지났구나.

시냇가의 마을은 서른 집 남짓

집집마다 울타리엔 진달래꽃 한창일세.

쓸 때는 만족스러웠지만 지금 읽어 보니 절로 고개가 저어졌다. 한마디로 아무런 색깔도 없는 글이었다. 김려가 아닌 그 누구라도 쉽게 쓸 수 있는 글. 처음 접했어도 어디선가 읽어 본 것 같은 느낌이 드는 글. 몇 편을 더 읽어 보았다. 현감답게 사람들의 가난을 걱정하는 글도 있었다.

날마다 바람이 일고 해미까지 들씌우니
고기 장사 주제란 지지리도 가련해라.
생선 대신 소금 사러 나루터에 모인 사람
그들은 모두가 호서의 등짐장사들.

짙은 안개에 고깃배가 여러 날 들어오지 못하던 때 쓴 글이었다. 내 딴에는 고기 장사의 심정을 제법 잘 간파해 쓴 글이라고 자부했지만 지금 보니 전혀 그렇지가 않았다. 나는 그들의 마음에 들어간 것이 아니라 저 위에서 그들을 내려다보았을 뿐이었다. 같은 처지의 사람으로서가 아닌 현감의 시선만이 남아 있었다. 계속해서 뒤적여 보았다. 다른 글들도 마찬가지였다. 유배 전 김려체로 서울에 문명을 드높였던 시기의 글들, 부령 시절 벗들에게 읊으며 진심을 토로했던 글들,

진해에서 부령에서 썼던 글들을 다시금 떠올리며 썼던 글들은 이제 내 삶에서 완전히 자취를 감추었다. 「방주의 노래」를 썼던 시절은 아예 존재하지 않았던 것처럼만 느껴졌다. 이제는 지배자의 신분이 된 남자의 고고한 시선만이 자리하고 있을 뿐. 바로 이것이 내가 꿈꾼 삶이던가. 평생을 글에 바친 결과가 고작 이것이던가. 나는 고개를 저었다. 유배 떠나던 그날보다 더한 통증이 찾아왔다. 자리에 누워도, 술을 마셔도 결코 사라지지 않을 것 같은 극심한 통증이었다.

가슴이 답답해 거리로 나섰다. 오가는 이들이 나를 보며 고개를 숙였다. 나도 따라 고개를 숙였다. 골목길을 지나 시장을 지나, 강가로 갔다. 아이들을 만나고, 아낙들을 만나고, 노인들을 만났다. 눈물을 흘리며 돌아서는데 내 앞의 사람들이 사라지고 글이 그 자리를 대신했다. 소와 송아지를 몰고 오는 자, 두 마리 소를 끌고 오는 자, 닭을 안고 오는 자, 문어를 끌고 오는 자, 돼지의 네 다리를 묶어서 메고 오는 자, 청어를 묶어서 오는 자, 청어를 엮어서 늘어뜨려 가져오는 자, 북어를 안고 오는 자, 대구를 가져오는 자, 북어를 안고 대구나 혹 문어를 가지고 오는 자, 담배풀을 끼고 오는 자, 땔나무와 섶을 메고 오는 자, 누룩을 짊어지거나 혹 이고 오는 자, 쌀 주머니를 메고 오는 자, 곶감을 끼고 오는 자, 한 권의 종이를 끼고 오는 자, 접은 종이를 손에 들고 오는 자,

눈이 물고기같이 흐린 것, 눈썹을 드리운 것, 봉새처럼 둘러보는 것, 눈 감고 자는 것, 눈두덩이 불거진 것, 눈동자가 튀어나온 것, 부릅뜬 것, 흘겨보는 것, 곁눈질하며 웃는 것, 닭처럼 성내며 보는 것, 세모난 것이 있다. 눈썹은 칼처럼 날카로운 것, 나비의 더듬이처럼 갸름하고 아름답게 생긴 것, 굽은 것, 긴 것, 몽당비 같은 것…….

나는 그 자리에 멈춰서 무릎을 꿇었다. 고개를 숙이고 이마를 땅에 댔다. 누군가 다가와 나를 일으켰다. 예닐곱밖에 되어 보이지 않는 여자아이였다. 아이는 내게 떡 하나를 쥐여주고는 엄마 곁으로 뛰어갔다. 가슴이 뜨거워졌다. 사람의 따뜻한 온정을 처음 접한 느낌이었다. 고맙다. 네 덕분에 나는 살아 있는 걸 느끼겠다. 나는 앞으로 이들을 평생 잊지 않을 것이었다. 이옥이 그랬듯 이들 하나하나를 가슴속에 새기면서 살아가야 할 터였다. 그게 바로 글이 되어야 할 터였다. 방 안에 틀어박혀 음풍농월하는 거짓된 글 따위는 결코 짓지 않을 터였다.

터벅터벅 걸어서 돌아오는데 위 서방이 나를 맞았다.

"우태가 깨어났습니다."

나는 서둘러 방 안으로 들어갔다. 우태가 나를 보곤 몸을 일으켰다.

"자네, 깨어났는가? 괜찮은가? 자네를 이 꼴로 만들다니 정말 미안하이."

우태가 만류하는 듯 손을 내저었다. 우태는 내게 어찌 된 영문인지 캐어묻지도 않았다. 그저 자신의 아버지처럼 말 없는 웃음만 지어 보였을 뿐이다. 물 한 잔을 청해 마신 후 우태가 다시 입을 열었다. 비난의 말이리라 짐작했지만 우태는 뜻밖에도 아버지 이야기를 꺼냈다.

"나리께서 유배 가 있는 동안 아버지가 뭘 하고 살았는지 아시오?"

내가 답할 수 있는 질문이 아니었다. 나는 고개를 젓고는 우태의 다음 말을 기다렸다. 우태는 긴 한숨을 쉬고는 말을 이었다.

"아버지 또한 전기수였소."

이제 더 놀랄 일은 없다고 생각했지만 그게 아니었다. 이옥이 전기수 일을 했다고? 온 나라를 떠돌며 사람들 앞에서 글을 읊으며 살았다고? 나는 고개를 저었다. 우태의 말을 믿고 싶지 않았다. 못된 자식의 거짓말이기만을 바랐다. 하지만 나는 알고 있었다. 우태의 말에는 조금의 거짓도 섞여 있지 않다는 것을.

"죽기 몇 해 전까지는 나도 까맣게 몰랐지요. 일 년에 서너 번 얼굴만 비치고 사라지는 사람이니 무얼 하고 다니는지 도통 알 수가 없었지. 물론 그 양반이 하는 일에 대해 궁금해한 적도 없었지만……."

우태는 웃으려다 얼굴을 찡그렸다. 우태는 다가서는 나를 손짓으로 만류했다. 손짓에서 느껴지는 단호한 거부감이 나를 꼼짝 못 하게 억눌렀다.

"그랬는데 어느 핸가 나를 보더니 이렇게 말하는 거요. 나와 함께 나다녀 보자. 우습지요, 아버지가 되어 자식한테 나다녀 보자고 말하다니. 하지만 잠깐 생각해 보았는데 나쁠 것은 없어 보였소. 집에 죽치고 있어 봤자 술이나 축내고 싸움질이나 하는 판이니. 그래서 아버지를 따라나섰소. 아버지의 삶은 장돌뱅이의 삶과 하나 다를 것이 없었소. 다만 파는 게 그들과 달랐을 뿐이지. 아버지가 판 게 무엇이었는지는 말할 필요가 없을 것이오. 나는 아버지에게 배운 그대로 했을 뿐이니까."

이옥이 우태를 데리고 다니기 시작한 건 나를 마지막으로 만난 후였을 것이다. 글에는 관심이 없다는 그 아들을 위해 이옥이 생각한 것, 그건 바로 자신의 글을 읊고 그 글을 들은 사람들이 기뻐하고 눈물 흘리는 모습을 보여 주는 것이었다. 이옥다운 발상이었다. 우태는 괴수가 아니었다. 글 쓰고 글 읊는 이옥이 지금 내 앞의 우태를 만들어 냈던 것이다. 글 쓰고 글 읊는 우태를 말이다.

"사람들은 어떻던가? 그가 읊는 글을 많이들 좋아하던
가?"

"우리 아버지 생긴 것도 보잘것없고 목소리도 모기처럼 가
늘기만 했소. 하지만 글을 읊을 때는 달랐다오. 우리 아버지
가 글을 읊기 시작하면 여인네들은 아주 환장을 했소. 아버
지 목청에 따라 울고 웃던 그 모습이란. 그에 비하면 나는 아
직 멀었소."

"자네도 나쁘지는 않다네."

"그런 말 마소. 쑥스럽소. 그런데 현감 나리, 아버지가 읊
은 글 중에 사람들이 제일 좋아한 글이 뭔지 아시오?"

내가 고개를 젓자 우태가 씩 웃으며 대답했다.

"그건 바로「방주의 노래」였소. 아버지 글들도 좋아했지만
「방주의 노래」만큼은 아니었소."

"아니, 그럼 내 글도 읊었다는 말인가? 그것보다도 어떻
게……."

우태는 내 말을 싹둑 잘랐다.

"그렇소. 가끔씩은 연희인가 뭔가 하는 여인네가 등장하는
글도 읊었고."

거짓말이었다. 유배 가서 쓴 글들은 부령이나 진해 사람들
말고는 알 수가 없는 글들이었다. 무엇보다도 사람들에게 보
이려고 쓴 글들이 아니었다. 그저 내 마음을 다독이고 가까이

있는 사람들을 즐겁게 하려는 의도밖에는 없었다. 옮겨 적은 것들은 내가 보관한 것 외에는 다 없앴으니 나 말고는 그 누구도 알 수 없는 글들이었다. 그런데 어떻게 이옥이 그 글들을 알고 읊을 수가 있다는 말인가.

"아버지는 온 나라를 떠돌았다고 했소. 가장 오래 머물렀던 곳은 현감 나리의 유배지였던 부령과 진해였다지. 거기에 가서 나리와 관련된 이들을 모두 만나 봤다고 하오. 참 이상도 하지. 나리의 글들을 그들은 그때까지 잊지도 않고 있더란 말이오. 내가 보기엔 대단한 글도 아닌데 왜들 그렇게 놓지를 못하는 건지, 참."

가슴에서 뜨거운 기운이 솟구쳤다. 이옥, 그는 내가 쓴 글의 흔적을 좇아 부령과 진해까지 발걸음을 옮겨 갔던 것이다. 그러고는 방주와 연희, 김형유를 만나 내가 쓴 글들을 전해 듣고 기록하고 머리에 집어넣었던 것이다. 자네, 왜 그런 말을 내게 하지 않았나. 왜 입술을 꼭 다물고 말 없는 웃음만 지어 보였는가.

"참 이상한 양반이지요?"

"그러게 말일세. 어찌 그런 힘든 일을……."

"아버지는 이렇게 말하더군요. 그것만이 자신이 벗에게 지은 죄를 조금이라도 더는 길이라고요. 노인네도 참. 내가 보기엔 죄지은 이는 오히려 현감 나리 같은데. 아무튼 이번 일로 그 죄는 완전 탕감이 된 듯싶소이다. 그렇지 않소, 현감 나리?"

한 달 후 우태가 내 방으로 들어섰다. 그는 몸만 추스르면 떠나겠다고 여러 차례 말해 왔고 이제 마침내 그날이 된 것이다. 생각지도 못했을 괴로움을 겪었지만 그는 별로 달라지지 않았다. 가벼운 목례와 함께 지어 보인 웃음이 그저 조금 달라진 부분이랄까. 하지만 내 마음속에서의 그는 처음과는 완연히 다른 사람이 되어 있었다.

"진심으로 사죄하겠네."

"사죄라니요, 무엇에 대해서요?"

"자네에게 고초를 겪게 한 것 말일세. 더 정확히 말하자면 자네에게 잘못을 인정하라고 강요한 부분이지."

"그렇담 지금은 생각이 바뀌셨다는 것입니까?"

"생각이 바뀐 것은 아닐세. 처음부터 그리 생각했네. 글을 쓰고 읊는 일이 죄가 된다고는 한 번도 생각해 본 적이 없다는 뜻일세."

"그렇군요."

우태는 고개를 끄덕거렸다. 비웃는 듯한 웃음은 여전했다. 나는 우태의 다음 질문을 기다렸다. 우태는 아버지와 다를 터였다. 아버지는 내게 묻지 않았지만 젊은 혈기를 지닌 우태는 그냥 넘어가지 않으리라.

"그렇다면 일찍이 정조 임금이 글쓰기 문제로 아버지를 몰아붙였을 때 아버지를 변호하고 나서지 않은 이유는 무엇이오? 생각이 그렇다면 왜 글쓰기는 죄가 아니다, 이렇게 소리치고 맞서지 못했던 것이오?"

"두려웠으니까. 글쓰기로 인해 벌어진 문제가 내 인생을 망칠 게 두려웠으니까."

"역시 그 정도의 사람밖에는 못 되었군."

우태가 빈정거리듯 말을 내뱉었다. 우태의 말은 사실이었다. 나는 딱 그 정도의 사람밖에는 못 되었다. 벗을 따라 새로운 글쓰기를 시도하는 것에 즐거움을 느꼈으면서도 막상 벗이 그 글로 고초를 당할 때는 한 발 물러서기만 하는. 불똥이 내게 튀자 그 불꽃을 끄기에만 급급했고 결국 그 불꽃에 내가 가진 것을 홀랑 태우고서는 눈물만 질질 짜낸. 가슴에 차고 넘치는 것들을 주체할 수 없어 글로 옮겨 쓰고서도 그 글들이 세상에 나가 제멋대로 활개치며 돌아다닐까 봐 책장 깊은 곳에 꼭꼭 싸서 숨겨 두기만 하는. 벗의 아들이 또다시 글로 고초를 당할 때도 자신의 속내는 감춰 둔 채 그저 잘못을 인정하라고 소리치며 강요하기만 하는 그 정도의 사람, 그게 바로 나라는 사람의 정체였다.

"그건 그렇고 한 가지 궁금한 게 있소. 내가 이대로 떠나도 되는 것이오? 최 뭐시기라는 양반 하는 꼴로 봐서는 나를 쉽게 놔주지 않을 것 같던데.”

“최 참판과는 이야기를 끝냈네. 그러니 자네는 자유롭게 떠나가도 된다네.”

“그냥 물러날 인간이 아니던데요. 내가 이래 봬도 사람은 좀 볼 줄 알거든요. 한번 문 먹이는 끝까지 놓지 않을 사람이 분명해 보입디다. 그런 그가 어찌 그리 쉽게 나를 놓아주게 되었을까? 나리, 뭔가 거래를 한 것 아닙니까?”

“거래는 무슨. 곤죽이 되도록 매를 맞았으니 그걸로 죗값은 치른 셈이네. 물론 죄가 있다면 말일세.”

우태의 말대로 최수용은 그냥 물러설 사람이 아니었다. 칼을 뽑았으면 파리 한 마리라도 베어야 직성이 풀릴 사람이었다. 우태가 의식을 회복한 뒤 나는 그를 만나러 갔다. 나로 인해 생긴 문제이니 내가 풀어야만 했다. 노회한 그는 나 혼자 서너 식경을 사랑에 머물게 한 후에야 모습을 나타냈다.

“기다리게 해서 미안하오. 선약이 되어 있던 탓에 빠져나올 수가 없어서 말이외다.”

“미안해하실 것 없습니다. 연락도 없이 불쑥 찾아온 제 잘못이지요.”

“흐흐, 듣고 보니 그렇긴 하군. 자, 그럼 이 늙은이를 찾아온 속내를 밝혀 보시게. 밀고 당기는 것에는 젬병이니 이리저리 둘러말하지는 마시게나.”

늙었어도 그의 성격은 하나 변하지 않았다. 그는 냉혹했으나 간사한 사람은 아니었다. 그것이 내가 그를 찾아온 이유이기도 했다.

“우태를 풀어 주려 합니다.”

“풀어 준다? 무슨 뜻인지 모르겠소. 죄인을 그냥 풀어 주겠다는 것이오?”

“우태에겐 죄가 없습니다.”

“허허, 아무래도 더 이상 이야기를 끌고 가기는 어렵겠소. 죄인더러 죄가 없다니 도대체 무슨 말을 하는 거요?”

“우태가 한 일은 글을 읊은 것밖에는 없습니다. 물론 여인네들을 불러 모은 행동은 잘못되었지만 그건 밀양댁이 나서서 한 일이고, 또 모여서 이상한 일을 벌인 것도 아니니…….”

“현감, 정조 임금의 말을 잊었소? 다시 한 번 알려 주리까? 패관소품에 빠져드는 자들은 이내 요상한 학문에도 맛을 들이게 된다. 그러니 그 싹을 없애 버려야…….”

“나는 그렇게 생각하지 않소.”

“뭐라고?”

“김조순 대감의 예를 들어 보리까? 젊은 시절 김조순 대감은 패관소품을 누구보다도 좋아한 사람이었소. 떠도는 이야기들을 모아 나와 함께 책까지 만들었을 정도이니까. 그런 그가 요상한 학문에 빠져들었다는 증거가 어디 있소? 이 나라 국정을 좌지우지하는 사람이니 증거를 대려면 제대로 된 증거를 대야 할 것이오. 안 그랬다간 무고죄로 곤욕을 치를 테니. 또 하나, 이옥은 더 이상 죄인이 아니라는 사실도 잊지 마시오. 금상이 즉위하고 사면을 받았으니 과거의 일로 그를 계속 낙인찍지는 말라는 것이오.”

최수용의 얼굴은 화난 사람처럼 붉어졌다. 일단 기선을 제압하기는 했지만 최수용이 이대로 물러설 사람은 아니라는 것을 나는 잘 알고 있었다.

“무지한 늙은이에게는 너무나 어려운 이야기구려. 그저 내가 아는 건 우태란 놈이 죄를 지었다는 것이지. 현감의 생각은 다른 것 같으니 아무래도 관찰사에게로 가서…….”

“이렇게 하면 어떻겠소?”

최수용의 눈썹 끝이 살짝 올라갔다. 그 행동이 의미하는 바는 분명했다. 협상에 관심이 있다는 뜻이었다. 바로 지금이 기회였다. 망설이지 말고 단번에 제압해야 했다. 나는 내가 가져온 가장 좋은 패를 내밀었다.

“내가 현감 자리에서 물러나겠소이다. 그리고 김조순 대감에게 부탁해 후임 현감은 최 참판께서 추천하는 분으로 정하도록 힘써 보겠소이다. 이 정도면 어떻소?”

최수용의 얼굴에서 붉은 기운이 사라졌다. 살짝 올라갔던 눈썹 끝도 제 위치를 찾았다. 최수용은 고개를 끄덕이고 자리에서 몸을 일으켰다. 밖으로 나가려는 내게 그가 질문을 던졌다.

"현감에게 글쓰기란 대체 무엇이오?"

대답 대신 웃음만 지어 보였다.

"알겠소. 그렇다면 또 하나, 우태란 놈이 그렇게 중요하오?"

역시 대답할 필요가 없는 질문이었다. 나는 그에게 정중히 인사를 하고는 밖으로 나왔다.

이제 남은 건 이옥의 글에 대한 값을 치르는 일뿐이었다. 이제 내게 이옥의 글은 놓쳐서는 안 될 소중한 것이 되었다. 나는 우태가 원하는 만큼 값을 치를 생각이었다. 그것이 이옥과 그 아들 우태를 위해 내가 할 수 있는 유일한 길일 테니.

"자네 선친의 글은 정말 훌륭했네. 내 일찍이 본 적 없는 참신하고 아름다운 글들이었다네."

우태는 내 칭찬을 듣고도 심드렁한 표정을 지었다. 그러더니 하는 말.

"그거야 나리 수준이 딱 그 정도니 그런 것이지요."

이옥의 아들다운 태도였다. 이제 나는 우태가 왜 그러는지를 조금은 이해할 것 같았다. 하지만 우태의 생각이 궁금했다. 생각대로 밀어붙이는 그 젊음이 부럽기도 했고. 나는 짐짓 화난 태도로 우태를 자극했다.

"그게 도대체 무슨 말인가? 보자 보자 하니……."

"허허, 흥분하지 마십시오. 꼭 비난하려는 의도로 말한 것은 아니니."

나는 화를 억누르는 척하고 우태에게 물었다.

"글을 아주 잘 아는 모양이군그래. 그럼 한번 설명을 해 보게. 아버지의 글에 대해 자네는 어찌 생각하는지를."

"제 의견이 중요합니까?"

"꼭 한번 들어 보고 싶네. 원한다면 자네의 평에 대한 대가도 치러 주겠네."

그 말을 들은 우태의 얼굴에 화색이 돌았다.

"「시기」라는 글, 참 좋지요?"

"그렇지, 참 좋지."

"저도 그 글이 참 좋습니다. 분명 아무나 쓸 수 있는 글은 아니지요. 하지만……."

"하지만?"

"처음엔 좋아서 몇 번이고 읽고 또 읽었지요. 감탄도 많이 했습니다. 그런데 글을 덮고 가만 생각해 보니 궁금증이 하나 슬슬 피어납니다. 아버지란 작자는 도대체 왜 그 글을 썼을까요? 그것도 궁상맞게 방 안에 앉아 구멍을 뚫고 밖을 내다보면서 말입니다.”

“그거야…….”

“물론 아버지는 글 속에서 그 이유를 명확히 밝히고 있습니다. 심심해서 썼다고 말입니다. 심심하다, 저는 이런 생각이 들더군요. 그 말을 뒤집어 생각해 보면 이렇습니다. 심심하지 않았더라면 시장 사람들의 소소한 일상에 눈을 돌리지는 않았을 거라 이 말입니다.”

“그렇게까지 생각할 것은 없지 않은가?”

“거듭 말하지만 아버지를 비판하는 것은 아닙니다. 다만 그 한계를 지적하는 것이외다. 그러니까 아버지는 방외인(方外人)이라는 말입니다. 그 글이라는 게 아름답기는 하지만 그건 현실에서 한 발 물러서서 관찰하는, 관찰자의 시선에 다름 아니다, 이 말씀을 드리는 것입니다.”

우태의 말에 나도 모르게 고개를 끄덕였다. 우태는 이옥 글의 빛나는 부분과 어두운 부분을 정확히 지적하고 있었다. 이옥은 늘 그랬다. 이옥에게 삶이란 물러서는 것이었다. 이옥은 부딪혀야 할 지점에서도 항상 물러섰다. 임금과의 충돌로 고집불통이란 허명을 얻기도 했지만 실상 그때 이옥이 보인 행동도 굳센 결단 같은 것과는 거리가 멀었다. 이옥은 다만 이해할 수 없을 뿐이었다. 자신의 어떤 부분이 임금을 그렇게 거슬리게 하는지를 말이다. 그러니 이옥은 제 갈 길을

갈 수밖에 없었고 그 꽉 막힌 어리석음이 본의 아니게 시대
와 불화하는 몫을 떠안게 된 것이었다.

"글에 대해 잘 알고 있군그래. 내 질문 하나 하겠네. 그렇
다면 자네가 생각하는 좋은 글이란 어떤 글인가?"

우태는 고개를 저었다. 말하고 싶지 않다는 표정이었다. 나
는 또다시 당근을 던져 주었다.

"물론 대가를 지불할 것이니 염려 접어놓고 이야기해 보
게."

우태는 입가에 웃음을 머금었다. 잠시 후 그의 입에서 시가
흘러나왔다.

거칠게 찧은 보리밥 반은 까끄라기

싱거운 장 억센 나물 맛있을 리 없건만

그래도 평민에겐 고량진미요

이보다 가난한 이는 모두 지게미 신세로다.

삼복더위 흙이며 바위까지 태워

들의 논물 펄펄 끓는구나.

잠방이 걷고 맨종아리로 들어가

종일 김매노라니 고생이 한이 없다.

물고기, 자라도 익어 죽을 판인데

어허 그대 피와 살 상하지 않으랴.

하늘 뒤덮은 불 우산 그 누가 면하랴만

농사꾼 향해서는 더욱 가까운 듯하네.

괭이 거두고 때때로 하늘 우러러 비노니

가을 곡식 아무쪼록 거둘 수 있기를.

꼭두새벽 문을 나서 별을 이고 돌아오니

여름날 길다 하나 쉴 틈이 전혀 없네.

조정의 높은 분들 여름날 농부 고생 생각하사

세금 감면하시어 편히 살게 해 줍소서.

나는 뾰족한 정으로 정수리를 쪼인 듯한 느낌을 맛보았다. 이런 글은 처음이었다. 우태가 시를 읊는 동안 그 광경이 그대로 머릿속에 그려졌다. 내리쬐는 태양 아래 쉬지도 못하고 일하는 농민들, 피와 살이 익어 가지만 수확을 위해서라면 그 모든 고통도 참을 수 있다. 일하는 동안은 그래도 즐겁다. 집에 들어와서야 한숨을 내쉰다. 가을이 되면 들판의 곡식은 자신의 손을 떠나 벼슬아치에게로 갈 것이다. 그 모든 수고를 거쳐 봐야 손에 쥘 수 있는 것은 거의 없다.

우태는 목소리를 높이지도 않았다. 고통스럽다고 눈물을 짜내지도 않았다. 그저 담담하게 있는 그대로를 묘사할 뿐이었다. 하지만 그 담담함 속에서 농민들의 고통은 더욱 절절하게 다가왔다. 활기와 염려가 묘하게 교차하고 있는 농민의 심정을 이보다 잘 그려 낸 글은 일찍이 본 적이 없었다.

"훌륭한 글일세. 한 편 더 들려줄 수는 없겠나?"

이번에도 우태는 주저하지 않았다. 비극적인 내용을 담고 있으면서도 건조한 글의 문체는 우태의 낭랑한 목소리와 너무도 잘 어울렸다.

서울이라 오부의 저택들 곳곳에 우람하여

높은 기둥 큰 들보 호사를 다투고

부잣집 현달한 벼슬아치 선산의 묘소 앞을 보면

거창한 비석 우뚝한 석물들 서로 자랑하여 뽐낸다.

경기의 산골 백 리 거리에 목재며 석재 운반하느라

울퉁불퉁한 산을 넘고 깊숙한 골짝 지나가는데

가파른 비탈 내몰면 얼마나 험난한지

앞의 소 나가려 하고 뒷소는 버팅기니

뿔 끊어지고 발굽 빠지고 온몸에 상처투성이.

한 해 가고 두 해 가면 전신이 성한 데 없고

가죽 마르고 살이 졸아붙어 영락없이 고사목처럼 되고 말지.

호화로운 벼슬아치의 삶과 짐을 끄는 늙은 소의 고통을 대비시킨 훌륭한 글이었다. 그 현장을 두 눈으로 똑똑히 살펴본 사람이 아니고서는 쓸 수 없는 글이었다. 나는 감탄을 숨기지 못했다.

"정말로 훌륭한 글이야. 자네가 지었는가?"

"부족한 글이외다. 그저 아버지의 글과 다른 것도 있다는 것을 보여 주기 위해 골랐을 뿐."

말은 그렇게 해도 그의 눈엔 뿌듯함이 서려 있었다. 우태는 이옥의 아들이 분명했다. 타고난 시재(試才)는 이옥에게서 물려받았으리라. 우태가 지은 글을 듣자 또다시 궁금증이 생겼다. 그런데 왜 우태는 아버지의 글을 내게 팔려 하는 것인가. 우태의 글솜씨는 상당한 수준에 이르렀다. 글을 아끼고 사랑하지 않고서는 불가능한 일이었다. 그렇다면 그에게 있어 아버지의 글은 더 소중한 것일 터. 그런데 왜?

"아버지의 글을 꼭 팔아야만 하겠는가?"

"팔다니? 누가 판다고 그랬소?"

뜻밖의 반응이었다. 분명 우태는 그냥 글을 넘길 수는 없다고 말하지 않았던가. 나는 잠자코 우태의 다음 말을 기다렸다.

"아버지에 대한 애정 따위는 병아리 깃털만큼도 없지만 그렇다고 글을 팔 생각은 없소. 내가 원하는 것은 딱 한 가지요."

"그게 무엇인지 어서 말해 보게."

"아버지의 문집을 간행해 주시오."

아, 하고 낮은 탄식을 내뱉었다. 왜 나는 우태의 마음을 눈치채지 못했을까. 처음부터 우태의 마음속에는 오직 한 가지밖에 없었던 것이다. 아버지의 문집을 간행하고 싶다는 그한 가지 소망. 나는 우태의 건들거리고 불량해 보이는 겉모습에 속아 그의 속내를 전혀 짐작하지 못했다. 어리석은 김려 같으니.

"그렇담 왜 처음부터 그렇게 말하지 않았나?"

"현감 나리를 믿을 수가 없었소. 아버지의 글을 사랑하는지에 대한 확신이 서지 않더란 말이오. 그래서 주막에 머무르면서 현감을 살펴봤던 것이오. 뭐 꼭 믿을 만하다는 결론을 내린 것은 아니지만 나로서도 달리 방법이 없으니."

우태의 눈은 정확했다. 첫 만남에서 우태가 바로 문집 이야기를 꺼냈더라면 아마도 나는 쉽게 고개를 끄덕이지 못했을 터였다.

"예전의 그 잘난 글쓰기를 완전히 버리지는 않은 걸로 보이니 믿고 맡기겠소."

"고맙네."

"그리고…… 여기까지 온 김에 고백 하나 하리이다. 사실 아버지 글 중에 내가 제일 좋아하는 것은 「시기」가 아니외다. 바로 이것이지요. 어디 한번 들어 보시겠소."

나는 말없이 고개를 끄덕였다.

갑진년도 저물어 한 해를 마치는 섣달그믐 나 이옥은 시의 신에게 제사를 올리는 옛사람의 의로운 일을 삼가 본받아 글의 신의 영전에 고합니다. 글의 신이여! 내 그대를 저버린 일이 너무도 많습니다. 젖니를 갈기 전부터 글을 썼으니 그대와 벗한 지도 어느덧 이십이 년이 되었습니다. 내 천성이 게으른 탓에 『서경』은 겨우 사백 번 읽었고 『시경』은 일백 번을 읽었습니다. 『주역』은 삼십 번을, 『사서』는 오십 번을 읽었습니다. 내 성품이 「이소」를 가장 사랑했지만 일천 번을 채우진 못했습니다……. 하나 빼놓지 않아도 읽은 서책이라야 수레 한 대도 채우지 못할 뿐입니다. 그러니 입에서 내뱉는 말은 거칠고, 가슴에서 뽑아내는 생각은 졸렬하여 문인의 반열에 들 수가 없습니다. 그렇지만 말입니다. 오늘날 세상을 내 일찍이 깊숙이 들여다본 적이 있습니다. 박학으로 이름을 날리는 자를 만나 질문을 해 보면 독 속에 들어앉아 별을 세는 꼴이고, 글 잘 짓는다고 소문난 자의 글을 읽어 보면 남의 글을 흉내 내고 훔친 것에 지나지 않았습니다. 시문과 과거 문장을 잘 쓴다고 해서 읽어 보면 허수아비가 시장에서 춤추는 것이나 다를 바 없었습니다. 그럼에도 불구하고 그들은 도시에서 명성을 날리고, 활개를 치고 다닙니다. 살아서는 과거 시험과 관직에서 명성을 얻고, 죽어서는 글이 목판에 새겨지는 영예를 누립니다. 몸은 죽어도 문장은 죽지 않는 것입니다. 낮은 것도 그들이 쓰자 높아지고, 자잘한 것도 그들이 쓰자 크게 됩니다. 모두들

제 글의 신을 버리지 않습니다. 유독 나만이 그렇게 하지 못합니다. 경전이 술이라도 되는 양 탐닉하고, 서책이 여자라도 되는 양 푹 빠져 보기도 합니다. 눈과 귀가 놓친 것이 있을까 싶어 손으로 베껴 써 보아도 그 누구의 칭찬도 듣지 못합니다. 칭찬은커녕 마을의 아이들마저 나를 놀려 댈 뿐입니다. (……) 가만히 생각하니 낯이 뜨겁고 창자에 열이 나서 차마 더 말을 늘어놓지 못하겠습니다. 바라건대, 그대 글의 신은 나를 비루한 놈이라 여기지 말고 바보 같은 성품의 나를 한 번 더 도와서 예전의 습성을 씻어 버리도록 해 주시기 바랍니다. 내 비록 어리석기는 하나 새해부터는 조심해서 그대를 저버리지 않도록 노력하겠습니다. 오늘은 세모입니다. 내 감회가 절로 일어 붓꽃을 안주 삼아 들고 벼루 샘물을 술 삼아 길어 올립니다. 마음의 향기 한 글자가 실낱같이 가늘고 희게 타오릅니다. 글을 잡고 글의 신에게 고합니다. 신령은 와서 흠향하소서!

우태의 목소리가 사라지자 방 안은 조용해졌다. 나도, 우태도 더 이상 아무 말도 하지 않았다. 말을 할 필요가 없다는 것이 더 정확하겠다. 이옥의 고통, 이옥의 바람 따위가 그대로 우리 두 사람의 마음속에 자리했으니. 글쓰기의 고통과 회한, 그리고 그걸 떠나지 못하는 미련스러움에 대한 상념이 일치했으니. 그게 바로 이옥이고 그의 글쓰기였다. 잠시 후 우태가 한숨을 내쉬더니 내게 길쭉한 물건을 하나 건넸다.

"아버지가 아끼던 칼입니다."

"이것은 바로 탄재의 칼 아닌가?"

"아시는군요. 아버지는 이 칼을 몹시 아꼈습니다. 보기엔 너무 얇아 부서질 것 같지만 의외로 날카로워 머리카락을 쪼갤 수도 있습니다. 물론 아버지는 고기가 잘 익었는지 한번 찔러 보는 용도로밖엔 사용하지 않았지만 말이외다."

"이 칼을 내게 주는 건가?"

"문집 간행이 쉬운 일이 아니라는 것은 나도 알고 있소. 비용이 적잖게 든다는 것도. 보탤 만한 형편이 못 된다는 것은 이미 눈치채셨을 테고 그러니 아버지가 아끼던 유품이라도 드리는 수밖에."

"고맙네."

"어차피 이 일 아니더라도 드리려 했소. 아버지는 늘 글 쓰는 이야기만 했고 그 끝에는 꼭 나리의 이름을 언급했으니. 자기 말고 이 나라에 제대로 글을 쓰는 이는 나리밖에 없다면서 말이오. 난 뭐 그렇게 생각하지는 않지만."

이옥에 대한 온갖 감정이 물밀듯 밀려왔다. 가장 먼저 내게 도달한 건 부끄러움이었다. 우태가 한숨을 쉬더니 말을 이었다.

"전에도 말했지만 아버지와 만난 것은 손으로 꼽을 정도밖에는 되지 않소. 그 얼마 되지 않는 시간, 아버지가 한 이야기는 온통 글에 관한 것뿐이었소. 그 이야기를 듣고 있노라니 나도 모르게 글을 쓰고 싶어졌단 말입니다. 아버지의 글은 화려하기는 하나 폭이 좁고 깊이가 얕았소. 그건 분명하오. 하지만 글쓰기의 열정에 관한 한 아버지를 따를 자는 없소. 아버지의 글솜씨보다도 그 열정이 내게는 더 큰 힘이 되었소.”

이옥. 젊은 시절 내 벗이었던 남자. 글로써 천하를 호령하자고 다짐했던 남자. 그러나 나이 먹은 후로는 그와의 인연이 거의 끊어지다시피 했다. 마주 앉았지만 속내를 이야기하기에도 너무나 멀어진 어색한 사이가 되어 버렸다. 흉금을 털어놓기엔 우리 둘이 입은 상처가 너무 컸던 탓이었다. 그러나 이옥은 나를 잊지 않았다. 그의 머릿속에서 여전히 나는 글 잘 쓰는 벗이었고, 평생을 함께할 문우(文友)였다.

우태가 자리에서 일어났다. 우태에게 말했다.

“도움이 필요하면 언제든 찾아오게.”

“말씀만이라도 고맙습니다. 하지만 난 남의 도움 따위를 고마워하는 인간이 아니라서.”

“알겠네. 그래도 모르니 도움이 필요하면 꼭 연락을 하게.”

“기억을 해 두겠습니다.”

“거처를 알려 주게. 문집이 다 되면 보내 줌세.”

"때 되면 들르리다. 아, 그리고 한 가지 더. 연희라는 여인 네 말이외다."

"연희가 어떻다는 것인가?"

"아직도 나리를 그리워하고 있소."

"그걸 자네가 어떻게?"

"아버지가 부령에 갈 때 실은 나도 함께 갔었소. 물론 진해 에도 갔었고. 내 가진 건 시간뿐이었으니. 그러고 보니 아버 지와 지냈던 시간도 생각보다는 많았군요. 그럼 이만 가 보 겠수다. 아참, 하나 더."

"말해 보게나."

"요 근래 혹시 아버지의 모습을 본 적 있소?"

나는 긍정도 부정도 않고 그저 아무 말 없이 우태를 바라보 았다. 우태가 머리를 긁적이며 말을 이었다.

"없다면 됐고요. 내가 한 말은 잊어버리시오. 아버지 글만 펴 놓고 있으면 괜히 이상한 기분이 들어서. 아버지에겐 원 래 좀 묘한 구석이 있었소."

그 말을 끝으로 우태는 떠나갔다. 나는 밖으로 나와 하늘을 보았다. 구름 한 점 없는 푸른 하늘이었다. 우태가 다녀간 전 후의 일이 꼭 꿈속 같았다. 그러나 분명 꿈은 아니었다. 이옥 이 평생에 걸쳐 쓴 글들이 지금 내 서안 위에 있는 것을 보 면. 그 글들의 주인을 향해 말을 건넸다. 미안하네, 나는 자네를 잊으려 했네.

주인은 고개를 저으며 웃음을 지었다. 그런 말 말게. 우리는 멋진 벗 아닌가.

멋진 벗, 그랬다. 그와 나는 멋진 벗이었다. 이제는 기억조차 가물거리는 성균관 시절, 나는 그, 그리고 다른 벗들과 함께 북한산 유람을 간 적이 있었다. 소박한 유람이었다. 술 한 통과 붓 한 자루뿐이었지만 천하가 우리 손에 있는 듯했다. 흥이 난 이옥은 재미있는 규칙까지 만들어서는 분위기를 고조시켰다. 첫째, 무조건 글 짓는 것은 경계해야 하네. 남들이 짓는 글이나 지어서는 안 되고 글 속의 사람이 되어야 하네. 좋은 경치를 보며 글을 짓는 게 아니라 글 속에 좋은 경치를 만들어 넣어야 하네. 둘째, 술 마시는 것을 경계해야 하네. 주막이 나타나거든 붉은 술 누런 술을 가려서는 안 되고, 청주인지 탁주인지 물어서는 안 되네. 주모의 인물을 따지지 않고 우리를 반기지 않으면 그냥 지나쳐야 하네. 한 잔을 마시면 화기가 돌고, 두 잔을 마시면 취기가 오르고, 석 잔을 마시면 노래가 나오는 법이라네. 그 이상 마시는 것은 허락하지 않겠네. 석가여래가 이 금과옥조들의 증인이 될 것일세. 알겠는가.

누가 그의 흥을 막을 수 있겠는가. 제대로 놀기 위해 석가여래까지 들먹이는 그를. 우리는 그의 금과옥조에 따라 사흘 동안 북한산 곳곳을 유람했고 술 한 잔에 글 하나씩을 지으며 승경을 만끽했다. 나는 벗들이 지은 글들을 집으로 가져왔다. 나중에 문집을 만들 요량이었다. 그러나 사람 일이 그렇듯 나는 차일피일 뒤로 미루었고, 유배의 와중에 그 글들은 흔적도 찾을 수 없게 되어 버렸다. 그때 남긴 이옥의 글 또한 우태가 주고 간 글 속에 들어 있었다. 기실 그 글은 읽을 필요도 없었다. 오랜 세월이 지났지만 나는 그가 쓴 글의 문장 하나하나를 모두 기억하고 있었으니.

탄재의 칼을 뽑아 보았다. 날카롭게 벼려진 칼날이 탄재의 고집을 그대로 보여 주었다. 탄재가 칼의 명인이었다면 이옥은 글쓰기의 명인이었다. 마지막으로 이옥이 내게 찾아와 탄재 이야기를 들려준 데에는 그런 까닭이 있었을 터였다. 아니다. 어쩌면 그 이야기의 핵심은 아전이 죽은 후 탄재가 슬픔에 빠져 살다가 이내 죽고 말았다는 데 있는지도 모른다. 하나뿐인 지기에게도 버림받았던 이옥. 벗이 그립다고 빗대어 말하는데도 그 속내마저 눈치채지 못했던 어리석은 나. 벌레를 내쫓듯 서둘러 그를 일으켜 세웠던 나. 나는 너무도 뒤늦은 사과를 했다. 미안하이. 못난 벗은 끝내 자네의 마음을 이해하지 못했네.

괜찮네, 괜찮아. 자네는 멋진 벗이었네. 자네를 만나 멋진 글을 읽고 쓸 수 있어서 정말로 좋았다네. 정말로 멋진 인생이었다니까.

고맙네. 자네 또한 나의 멋진 벗이었다네.

이옥의 격려가 내게 용기를 주었다. 나는 편지 한 통을 쓴 후 위 서방을 불렀다. 더 이상 미뤄서는 안 되는 일 하나가 생각났기 때문이다. 위 서방은 기다렸다는 듯 재빨리 달려와 내 앞에 앉았다. 나는 웃으며 옛이야기 한 조각을 꺼내 들었다.

"위 서방, 부령에서 말일세, 청어를 사러 가서 사흘 동안 돌아오지 않았던 일을 혹 기억하는가? 그때 자네에게 무슨 일이라도 생긴 줄 알고 안절부절못했던 것을 생각하면……."

"염려 끼쳐 드려서 죄송했습니다. 가진 것은 없고, 청어는 많이 사 가지고 가고 싶고. 제 딴엔 머리를 쓰느라 오래 걸렸지요."

"사흘 만에 돌아온 자네가 내 얼굴을 보며 한 말은 기억하는가?"

위 서방이 대답 대신 머리를 긁적거렸다.

"자네는 이렇게 말했네. 주인의 얼굴색이 너무 상해 보기에 측은하다고."

"아이고, 제가 그런 엉뚱한 소리를……. 저 때문에 노심초사하신 것만 해도 죄송스러운 판에……."

"아닐세. 그 소리를 들으니 가슴이 탁 막히더군. 한편으론 서럽고, 다른 한편으로는 자네가 너무 고마워서……"

"고맙다니요?"

"내 곁에 자네 같은 믿음직스러운 벗이 있다는 사실이 너무도 고마웠던 거지."

"아이 참, 나리도. 요즘 이상하십니다. 전에 안 하던 이야기를 자꾸 하시고……"

"듣기 좋으라고 하는 말이 아닐세. 내 진심일세. 자네가 꼭 알아주었으면 하네."

"알겠습니다. 그 마음 잊지 않겠습니다."

"그건 그렇고, 내 부탁할 일이 하나 있네. 쉽지는 않은 부탁일세."

"뭐든 말씀만 하십시오."

"자네, 부령에 좀 다녀오겠는가?"

"네?"

"가서 벗들을 만나고 오게. 내 소식도 전해 주고."

"그러고요?"

"그러고는…… 연희를 좀 만나고 오게나. 자, 이 편지 좀 전해 주고."

위 서방이 씩 웃으며 말했다.

"잘 생각하셨습니다."

위 서방은 고개를 꾸벅 숙여 보였다. 기뻐하는 얼굴이 꼭 연희가 제 누이라도 되는 것만 같았다. 위 서방이 나가려다 말고 뒤를 돌아보며 말했다.

"아, 그리고 최 참판 댁 이야기 들으셨습니까?"

"자네 아니면 누가 들려주겠는가. 어서 이야기해 보게나."

"점순이라고 있잖습니까, 밀양댁네서 우태가 읊는 글을 들었던. 어젯밤에 집에서 도망쳤답니다."

"그런데?"

"아, 고년이 대문에다 삐뚤빼뚤한 솜씨로 언문으로 된 글을 하나 써 붙이고 갔답니다. 저야 잘 모르는데 사람들이 보며 킥킥거립디다. 그래서 물어보았더니 박지원이라는 양반이 지은 「양반전」이라나 뭐라나, 아무튼 그런 거랍니다. 고게 양반을 아주 까뭉개는 글이라면서요?"

나는 말없이 웃음을 지으며 고개를 끄덕였다. 최수용의 얼굴이 잔뜩 붉어졌을 것을 생각하니 괜히 기분이 좋아졌다. 위 서방이 고개를 숙인 후 밖으로 나갔다. 위 서방이 사라진 쪽을 바라보다 문득 생각이 들었다. 이게 아니다. 무언가 잘못됐다. 무언가가.

위 서방을 혼자 보낼 일이 아니었다. 부령에 가는 거라면 함께 가야 했다. 오랜 세월 내 곁을 지켜 왔던 또 다른 벗 위 서방이었다. 오래간만에 그와 단둘이 긴 여행을 떠나 보리

라. 그 힘든 길을 하나하나 되짚어 보리라. 그리고 그 여행의 끝에서는 부령의 벗들을 만나고 김형유를 만나고 연희를 만나리라. 연희를 만나 무엇을 어떻게 할지는 모르겠다. 다만 만나 보리라. 연희를 위해 썼던 글을 읊고 흠뻑 술에 취해 보리라. 그러고는 사과의 말을 건네리라. 연희, 그동안 참으로 미안했네.

봄바람이 얼굴을 스쳤다. 왠지 이옥이 어디선가 나를 지켜보고 있는 느낌이 들었다. 사방을 보았지만 이옥의 모습은 보이지 않았다. 하지만 나는 그가 곁에 있다는 것을 확신했다. 자, 한번 들어 보게나.

나는 이옥이 남긴 멋진 글, 내 평생 잊어 본 적 없는 그 순간의 기록인 그 멋진 글을 소리 내어 읊어 본다.

바람이 메말라 까실까실하고 이슬이 깨끗하여 투명한 것이 음력 팔월의 멋진 절기다. 물은 힘차게 운동하고 산은 고요히 머물러 있는 것이 북한산의 멋진 경치다. 개결하고 운치 있으며 순수하고 아름다운 두세 사람이 모두 멋진 선비다. 이런 사람들과 여기에서 노니니 그 노니는 것이 멋지지 않을 수 있겠는가?

자동을 거친 것도 멋지고, 세검정에 오른 것도 멋지고, 승가사 문루에 오른 것도 멋지고, 문수사 수문에 올라간 것도 멋지고, 대성문에 임했던 것도 멋졌다. 중흥사 그윽한 골짜기에 올라간 것도 멋지고, 용암봉에 오른 것도 멋지고, 백운산 아래 기슭에 임한 것도 멋졌다.

상운사 골짝 어구도 멋지고, 염폭은 기막히게 멋지고, 대서문도 멋지고, 서수구도 멋지고, 칠유암은 극히 멋지고, 백운동문과 청하동문의 두 동문도 멋지고, 산영루도 대단히 멋지고, 손가장도 멋졌다.

정릉동 어구도 멋지고, 동성 바깥 평사에서 일단의 무리가 말을 내달리는 것을 본 것도 멋졌다. 사흘 만에 다시 도성에 들어와 취렴방 저자에 붉은 먼지가 일고 수레와 말이 빈번하게 다니는 것을 보는 것도 멋지다.

아침에도 멋지고 저녁에도 역시 멋지다. 날이 맑아도 멋지고 날이 흐려도 멋지다. 산도 멋지고 물도 멋지다. 단풍도 멋지고 바위도 멋지다. 멀리 조망하여도 멋지고 가까이 다가가 보아도 멋지다. 부처도 멋지고 스님도 멋지다. 비록 좋은 안주는 없어도 탁주라도 멋지다. 절대가인이 없더라도 초동의 노래만으로도 멋지다.

요컨대 그윽해서 멋진 것도 있고, 상쾌하여 멋진 것도 있고, 활달하여 멋진 것도 있고, 아슬아슬하여 멋진 것도 있고, 담박하여 멋진 것도 있고, 알록달록하여 멋진 것도 있다. 시끌시끌하여 멋진 것도 있고, 적막하여 멋진 것도 있다. 어디를 가든 멋지지 않은 것이 없고, 어디를 함께하여도 멋지지 않은 것이 없다. 멋진 것이 이렇게도 많아라!

　이 선생은 말한다. "멋지기 때문에 놀러 왔지. 이렇게 멋진 것
이 없었다면 이렇게 와 보지도 않았을 게야."

『멋지기 때문에 놀러 왔지』는 18세기 후반의 문인인 이옥(李鈺)과 김려(金鑢)의 문학을 매개로 한 우정의 역사를 소설에 담은 것이다. 나 자신이 비평가가 아닌 이상, 이 작품의 성취에 대해서 무어라 말하기는 어렵다. 다만 이옥과 김려, 그리고 그들의 작품은 조선 후기 문학사에서 비상하게 중요한 존재다. 따라서 이 책을 이해할 정도의 해설을 약간 붙이기로 한다.

지금 영상에 밀려 문학이 예술의 변방으로 퇴각하는 중이라고 한다. 아니면 다른 영역이 눈부시게 성장한 나머지 문학이 상대적으로 초라해졌거나! 하지만 적어도 이삼십 년 전의 문학, 그중에서도 소설의 존재감이란 정말 충일했다. 조선 시대로 더 거슬러 올라간다면 문학은 무엇과도 비교할 수 없을 정도의 위엄을 가졌다. 수준의 차이는 있지만 사회의 지배층인 양반은 모두 문인이었고, 그들의 일상은 문학으로 이루어졌다. 문학 작품은 인간의 일상과 교직(交織)되어 있었으니, 친구가 찾아와서, 누가 죽어서, 술을 마시며, 한가해서, 흰머리가 나서 시를 지었다. 꽃을 보고, 달을 보고 시를 지었다. 이뿐인가? 집을 지으면 기문을 썼고, 친구가 책을 쓰면 서문을 썼다. 누가 죽으면 행장을 짓고, 제문을 짓고, 비문을 쓰고, 묘지를 썼다. 문학은 삶과 분리될 수 없는 것이었다. 그러기에 글쓰기란 지금으로서는 상상할 수 없을 정도로 중요한 의미를 지닌 것이었다. 금전적인 대가가 주어지지 않지만 문인으로 명성을 날린다는 것은 생을 걸어 볼 만한 일이었다.

하지만 어떻게 써야 할 것인가, 어떤 글이 좋은 글인가 하는 문제는 결코 간단치 않았다. 조선 시대에 한정한다면, 16세기 후반에 와서 그 질문에 대한 답이 제출되었다. 명나라 중기 이후 출현한 의고파(擬古派)가 수용된 것이다. 의고파는 가장 훌륭한 작품의 창작은 가장 훌륭한 과거 작품, 곧 전범(典範)이 되는 작품을 모방함으로써 가능하다고 주장했다. 그럴듯한 말이다. 그들은 가장 훌륭한 과거 작품을 선진·양한 시대의 산문, 한(漢)·위(魏)의 고시, 성당의 율시라고 꼽았다. 의고파는 여기서 무언가를 배우고자 하였다. 하지만 그들은 실패하였다. 과거의 전범이 탁월한 예술적 성취를 거두었다면 그것을 가능하게 한 인자는 무엇인가? 그들은 그 인자를 찾는 데 실패하고 오로지

• 선진(先秦) | '춘추 전국 시대'를 달리 이르는 말.
• 양한(兩漢) | 중국의 전한(前漢)과 후한(後漢)을 통틀어 이르는 말.
• 성당(盛唐) | 중국 사당(四唐)의 현종 2년(713)에서 대종 때까지의 시기.

전범의 언어를 차용하는 데 골몰했기에 뒷날 모방작을 양산한다는 비판을 받았다. 이어 당송파(唐宋派)가 나왔다. 이들은 당송 시대의 산문을 본받아야 한다고 주장했고, 당송 산문의 예술성이 언어의 모방이 아니라 수사법에 있음을 알아서 그 수사법을 적용할 것을 요구했다. 당송파의 주장은 나름 설득력이 있었다. 하지만 그 역시 당송 산문의 복제품이었다. 드디어 전범 자체의 설정을 거부하고, 작가의 개성을 표출한 독창적 언어를 구축할 것을 요구하는 주장이 나온다. 공안파(公安派)의 원굉도˙가 바로 그다.

조선에는 의고파가 먼저 들어와 유행하다가 이어 당송파가 도입되었다. 당송파는 주로 노론 계통으로, 의고파는 남인을 중심으로 유행하였다. 원굉도의 개성적·독창적 창작론은 17세기 초부터 조선에 들어왔지만, 제대로 이해가 된 것은 18세기 말경이었다. 원굉도의 주장을 창작에 최대한 활용한 사람이 우리가 익히 아는 박지원(朴趾源)이다. 그의 '법고창신(法古創新)'이란 말에서 '법고'는 옛것을 본받는다는 의미로 의고파를, '창신'은 새로운 언어를 창조한다는 점에서 공안파를 가리킨다. 물론 그는 창신 쪽을 따랐다. 박지원의 경우에서 볼 수 있는 바와 같이 18세기 후반 자기 현실을 바탕으로 해서 전범의 언어에 기대지 않은 새로운 언어를 창조하자는 비평은 대체로 공안파에 근거를 둔 것이다.

문제는 공안파의 창작론은 그야말로 개성과 새로움을 창조할

• 원굉도(袁宏道) | 중국 명나라의 시인(1598~1610).

것을 요구했기에 그 실천은 작가에 따라 각각 상이한 형태로 나타날 수밖에 없었다는 점이다. 다만 일정하게 공유하는 부분은 있었다. 공안파의 창신론은 절대적 전범의 설정을 부정하면서, 각 시대와 각 지역의 문학은 독자적인 가치를 지니며, 어떤 특정 시대와 공간이 예술적 가치를 독점할 수 없다고 주장했다. 시간과 공간의 상대주의라고 요약할 수 있는 주장이 제기된 것이다. 박지원 그리고 이옥의 비평에 나타나는, 중국의 고전에 함몰되지 말고 조선적 제재와 조선어를 과감하게 창작에 도입하자는 주장은 바로 여기서 배태된 것이다. 과거 우리가 민족 문학론의 출현으로 오해한 부분이 바로 이것이다.

이옥과 김려의 독특한 문학이 출현한 데에는 또 다른 이유가 있다. 17세기 말부터 청(淸) 체제에 의한 동아시아의 평화가 시작되고 조선과 청의 외교가 안정되자, 북경과 교역하면서 책과 서화(書畵), 골동품 등 명·청대의 문화와 예술이 서울로 쏟아져 들어왔다. 조선은 당쟁으로 사대부 층이 서울과 지방으로 분리되면서 서울에 세거하는 양반들, 곧 경화(京華) 세족˙ 혹은 경화 사족˙이 형성되었다. 이들의 성향은 지방의 향반(鄕班)들과는 판이하게 달랐다. 이들은 세련된 생활 문화를 갖게 되었던바, 북경에서 수입되는 청의 문화를 향유할 수 있는 유일한 층이었다.

• 세족(世族) | 여러 대를 계속하여 나라의 중요한 자리를 맡아 오거나 특권을 누려 오는 집안.
• 사족(士族) | 문벌이 좋은 집안.

이옥과 김려 역시 최고급 벌열(閥閱)은 아니지만, 상당한 부를 가지고 서울에 세거하는 경화 세족 중 한 사람이었다.[1]

북경에서 들어온 수입품 중 특히 큰 영향력을 행사한 것은 서적이었다. 그중에는 고염무·와 모기령·의 저작처럼 주자학적 경학(經學)에 일대 반성을 일으킨 것도 있고, 서학(西學)처럼 주자학의 이념적 독재를 뒤흔든 것도 있었다. 하지만 일부에 국한된 것이었고, 또 너무나도 위험한 것이었다. 보통의 경화 세족들, 그리고 경화 세족의 영향력 안에 있던 일부 양반이 깊이 빠져든 것은 소설과 소품(小品) 등 문학 작품이었다.

북경에서 공급된 막대한 양의 연의(演義) 소설(역사 소설)과 재자가인(才子佳人) 소설은 외면적으로 서학이나 모기령의 저작처럼 위험해 보이지 않은 반면, 강한 오락성이 있어 독자를 쉽게 사로잡았다. 이 중에서도 김성탄·이『수호지』에 붙인 비평은 소설의 수사학적 특성을 예리하게 드러내어 조선 문인들에게 새로운 산문 창작의 가능성을 열어 보였다. 한편 윤리 도덕을 밑바탕에 깐 정중한 산문이 아닌 가볍고 흥미로운 제재, 경묘한 필치의 짧은 소품문 역시 18세기 후반에 와서 큰 환영을 받았다. 18세

---

[1] 김려의 경우 연안 김씨로서 당시 상당한 문벌가였지만, 이옥은 몰락한 북인계의 서파(庶派)였다. 하지만 그가 상당한 재산을 갖고 서울의 문화를 향유할 수 있는 경화 사족이었던 것은 틀림없다. 물론 그가 고위 관직으로 진출할 가능성은 거의 없었다.

• 고염무(顧炎武) | 중국 명나라 말에서 청나라 초의 사상가(1613~1682).
• 모기령(毛奇齡) | 중국 청나라의 학자(1623~1716).
• 김성탄(金聖嘆) | 중국 청나라 때의 문예 비평가(?1610~1661).

기 후반 조선의 문학계는 전에 볼 수 없었던 새로운 언어적 형상물에 빠져들고 있었던 것이다.

새로운 비평과 작품 들은 당연히 조선 문인들의 창작에 일대 변화를 가져왔다. 앞서 간단히 언급했던 박지원은 이런 변화의 첨단에 서 있는 작가이다. 그는 공안파 비평과 아울러 김성탄의 소설 비평을 산문 창작에 원용했으니, 『열하일기』가 바로 그 증거물이다. 그리고 『멋지기 때문에 놀러 왔지』에 실린, 시정과 민중의 삶을 제재로 끌어들인 경묘한 이옥의 산문과 「이언(俚諺)」과 같은 시, 김려의 『사유악부』와 「방주의 노래」와 같은 작품 역시 동일한 성격의 것이다.

문인들이 소설과 소품의 독서에 골몰하고, 그것이 다시 창작으로 옮겨 가는 것은 자연스러운 현상이다. 하지만 이 변화를 부정적으로 판단한 사람도 있었다. 조선 시대 최고의 학자 군주였던 정조는 문학에서 일어나던 변화를 좌절시킨 사람이다. 흔히 1792년의 문체반정(文體反正)부터 정조의 탄압이 시작된 것으로 알고 있지만, 그렇지 않다. 문체반정은 정조가 즉위하면서 시작된 것이다. 당시 과거 제도는 우수한 인재를 선발한다는 본래의 취지를 거의 상실한 상태였다. 적게는 몇만 명, 많게는 십만 명이 넘는 응시자가 몰렸고, 정부는 이 엄청난 규모의 시험을 제대로 관리할 수 없었다. 더욱이 시험 당일 합격자를 발표하는 당일방방(當日放榜)의 경우 전체 답안지의 채점은 불가능했고, 일찍 제출된 답안지만 채점할 수밖에 없었다. 사정이 이러했기 때문에 과거의 답안지는 수준 이하의 것이 즐비했고, 최소한의 형식도 지키지 못한 것이 허다하였다. 하지만 합격자의 대부분은 경화 세족이 차지했다.

정조는 즉위하면서부터 과거를 개혁하고 과거의 문체를 고치고자 했지만, 결코 성공할 수 없었다. 대신 그가 적극적으로 관리하고자 한 것은 성균관 유생들의 문체였다. 이들은 규모가 적었고, 또 뒷날 대부분 '조정의 경상(卿相)이 되는 자'(정조의 표현이다.)들이었기에 관리하기에 적절하였다. 성균관 유생들은 오직 그들만 칠 수 있는 시험—반시(泮試)라고 한다—을 통해서 과거의 2, 3차 시험에 직접 응시할 자격을 얻거나 합격에 필요한 점수를 모을 수 있었기에 통제가 가능했다. 정조는 유생들이 달마다 내는 작문 과제의 문제와 반시의 문제를 출제했고, 그 답안지를 꼼꼼히 검토하여 유생들의 문체를 검토하고, 비평하고, 통제하였다. 이처럼 상시적 감시와 통제가 이루어지다가 1791년 천주교 신자인 윤지충(尹持忠)과 권상연(權尙然)이 제사를 폐하고 신주를 묻어 버린 진산 사건으로 인해 좀 더 큰 규모의 문학과 사상에 대한 통제, 즉 문체반정이 일어난 것이다. 그리고 이옥이 걸려들었던 것이다.

문체반정은 매우 복잡한 동기가 있기 때문에 여기서 상론하기란 불가능하다. 다만 그것이 정조 1인에 의해 독단적으로 이루어진 것은 아니다. 1786년(정조 10) 1월 22일 정조는 조참 을 거행하고, 재상부터 하급 관료까지 국가의 경영에 대해 소회를 써 내라고 하였던바, 이것이 그 유명한 '병오소회(丙午所懷)'다. 이날 18세기 후반 보수와 개혁의 두 흐름이 충돌하는 양상을 확인할 수 있다. 대사헌 김이소(金履素)는 이단적 사유를 담은 서적이 북경에서 수입되는 것을 막으라고 건의하고, 대사간 심풍지(沈豊之)는 조선 사신단이 북경에서 중국인과 개별적으로 친교하는 것을 엄금하라고 건의한다. 이것은 1765년 홍대용이 북경에 가서 엄성(嚴誠)·반정균(潘庭筠)·육비(陸飛) 등 중국인과 사귄 것을 계기로 이후 유금(柳琴)·박제가(朴齊家)·이덕무(李德懋)·박지원 등이 잇달아 북경으로 가서 중국 지식인들과 친교를 맺은 것을 의식한 것이다. 즉 북경으로부터 성리학에 반하는 서적을 들여오거나 중국 지식인과 친교하는 일을 적극적으로 막아야겠다는 의지가 집권층 내부에서 형성되고 있었던 것이다. 문체에 대한 지적도 있었다. 이날 부사직 채홍리(蔡弘履), 예조 정랑 정래백(鄭來百), 예빈시 봉사 홍이호(洪彝浩) 등은 문체의 타락이 과거의 타락에서 비롯됨을 지적하고, 문체를 교정할 것을 요구했던 것이다.

홍미로운 것은 이날 박제가 역시 소회를 올렸다는 사실이다. 박제가의 「병오소회」는 그가 북경 체험을 토대로 하여 쓴 『북학의(北學議)』를 압축한 것으로, 그는 중국과 교역하고 서양 선교사를 초빙하여 서양의 선진적인 과학 기술을 배울 것을 주장한

• 조참(朝參) | 한 달에 네 번 서울에 있는 모든 문관과 무관이 모여 임금에게 문안을 드리고 정사(政事)를 아뢰던 일.

다. 김이소와 심풍지, 정조가 외부와의 소통을 막아야 한다고 주장했다면, 박제가는 그것이 유일한 살길이라고 주장했던 것이다. 정조는 김이소와 심풍지의 손을 들어 주었다. 그는 이단적 서적의 수입과 중국 지식인과 개인적으로 접촉하는 것을 금지하는 방안을 마련하라고 지시했고, 이에 비변사에서 8조에 달하는 금지사목(禁止事目)을 만들었다. 이 금지사목은 정조 말기까지 원칙으로 작동했다. 요컨대 1792년의 문체반정은 단지 정조 한 사람에 의해 이루어진 것이 아니라, 당시의 보수 세력과 정조의 연합 아래 이루어진 보수 반동적 문화 정책이었던 것이다. 『멋지기 때문에 놀러 왔지』의 이옥과 김려는 이러한 정책의 희생물이었다.

1791년 진산 사건 이후 정조는 알려진 바와 같이 소품체를 썼다는 이유로 이옥을 처벌하고 김려에게 경고를 보낸다. 그리고 남공철(南公轍)·이상황(李相璜)·김조순(金祖淳)·심상규(沈象奎) 등의 문체가 소품에 물들었다면서 반성문을 써낼 것을 지시하고, 박지원에게도 『열하일기』를 문제 삼아 순정한 문체의 글을 써낼 것을 요구했다. 남공철·이상황·김조순·심상규 등은 당대 최고의 벌열이었다. 이들은 모두 반성문을 써냈다. 박지원만 따르지 않았다. 원래 정조는 이들을 처벌하고자 하는 의도가 없었고, 또 처벌하지도 않았다. 하지만 문체반정의 효과는 엄청났다. 북경에서 유래한 새로운 사유와 문체의 실험은 이제 왕명을 거역하는 불온한 일이 되었던 것이다.

다만 정조의 명령에 따르지 않은 문인도 있었다. 이옥과 김려였다. 1792년 10월 이전까지 이옥과 김려는 성균관에서 유생으로 있으면서 과거 준비에 골몰하였다. 성적도 괜찮은 편이었다. 이옥은 1789년 2월 29일 삼일제에서 지차삼상(之次三上)으로 직부회시˙의 자격을 얻었다.(이하 모든 자료는 특별한 언급이 없는 한 『승정원일기』에 의한 것이다.) 1792년 7월 20일에는 '예(禮)'를 책제로 한 도기유생(到記儒生)의 재시험에서 차상일(次上一)로 수석을 차지하고, 7월 22일에는 '악(樂)'을 책제로 한 도기시(到記試)에서 재차차상(再次次上)으로 1분을 받는다. 8월 15일에는 강제(講製) 유생에 대한 시상에서 시(詩) 삼하(三下)로서 종이 한 권을 받았고, 9월 14일에는 반시에 합격한 유생이 입시할˙ 때 함께 입시했으며, 9월 15일에는 구일제에서 삼하(三下)로 수석을 차지해 직부회시의 자격을 얻었다. 다음 날 입격한 유생으로 정조를 알현했을 때 정조는 이옥에게 전후로 지은 표(表) 책(策)이 각각 몇 수가 되느냐고 물었고, 이옥은 표가 500수, 책이 100여 수가 된다고 답했다.

한 달 뒤인 10월 19일에 문체반정이 시작되었다. 정조는 "며칠 전 유생 이옥이 답안지에 쓴 말은 순전히 소설의 말이었으니, 사습(士習)이 해괴하다. 동지성균관사˙에게 사륙문을 50수가 될

● 직부회시(直赴會試) | 초시를 거치지 않고 바로 회시에 응시함.
● 입시(入侍)하다 | 대궐에 들어가서 임금을 뵙다.
● 동지성균관사(同知成均館事) | 조선 시대에 성균관에 속한 종이품 벼슬.

때까지 매일 짓도록 하여, 옛날의 문체를 확실하게 고치게 한 다음에야 과거에 나아가게 하라."고 명했다. 이날 정거˙의 처벌을 받았던 것인데, 11월 20일에야 50수의 표를 짓고 정거가 풀린다. 12월 16일 정조는 유생에게 '문외심설삼척(門外深雪三尺)'이란 제목으로 7언 20운의 배율을 짓게 하고 시권을 채점한 뒤 이옥의 시권에 대해 "동그라미를 친 부분이 모두 저속하다. 내가 엄하게 나무랐는데도 고의로 저속하려고 든다. 열흘 동안 배율 100편을 지어 올리되 확실하게 고치지 않으면 바닷가에 수군으로 충정할 것이다."라고 경고한다.

이런 처벌에도 불구하고 이옥이 문체를 바꾼 것은 아니었다. 이듬해 2월 '박접회(撲蝶會)'란 시제로 성균관의 상재 하재 유생들에게 7언 20운 배율을 시험하고 시상했을 때, 정조는 이옥의 시권을 검토한 뒤 한두 사람을 제외하고는 모두 여전히 소품체가 나타난다고 지적했다. 이옥을 처벌하지는 않았지만, 여전히 이옥의 문체에 주목하고 있었던 것이다. 1793년 10월 12일 정조는 송(頌)에서 지차를 차지한 이옥을 만난 자리에서 "네가 지은 것은 끝내 문체를 고치지 않았다. 이번에는 이미 높은 등수에 올랐기 때문에 비록 빼 버리지는 않는다 해도 차후로는 이렇게 짓지 않는 것이 옳다."고 하였다.

이후 이옥은 계속 성균관 유생으로 지낸다. 그의 이름이 문체와 관련하여 나오는 것은 1795년의 일이다. 8월 7일 199명의

● 정거(停擧) | 조선 시대에 유생에게 일정 기간 동안 과거를 못 보게 하던 벌.

유생들이 어제˙에 응제하여 지은 시문을 평가하여 시상했던바,
이날의 『승정원일기』에 의하면 이옥은 괴이한 문체를 썼다 하여
진사 안석량(安錫良)과 함께 충군˙의 처벌을 받고 있다. 이옥은
8월 10일 충청도 정산현에 충군된다. 이옥 자신의 기록에 의하
면 정조가 경과˙가 멀지 않아 정거를 당한다면 과거를 볼 수 없
다 하여 충군을 명하고 정산현에 과거에 응시할 말미를 주라고
하여, 그는 9월에 다시 응시할 수 있었다. 하지만 정조는 이옥의
문체를 다시 문제 삼아 9월 11일 경상도 삼가현으로 옮겨서 충
군하라고 명한다. 이옥은 삼가현에 군사로 이름을 올리고 돌아
왔다.

　이듬해인 1796년 이옥은 별시 초시에 응시한다. 답안지는 또
문제가 되었다. 정조는 2월 6일 이소(二所)에서 장원으로 뽑힌
이옥을 나무랐다. "이옥의 문체는 누차 단단히 하교했건만 끝내
고치지 않았다. 이 때문에 충군하는 일까지 있었다. 그런데 이
사람이 장원이 된다면, 그 시소(試所)에서 뽑은 것도 알 만하다.
모든 방(榜)이 좋지 않은 것을 미루어 알 수 있는 것이다." 이옥
의 등수는 꼴찌로 조정되었다. 1797년 봄 삼가현에서는 이옥에
게 돌아오라고 계속 독촉하였다. 그는 공식적으로는 여전히 삼

●어제(御題) | 임금이 친히 과거장에 나와서 보이던 과거의 글제.
●충군(充軍) | 조선 시대에 죄를 범한 자를 벌로서 군역에 복무하게 하던 제
　도.
●경과(慶科) | 조선 시대에 나라에 경사스러운 일이 있을 때, 이를 기념하고
　자 보게 하던 과거.

가현의 군사였던 것이다. 우여곡절 끝에 1799년 10월 그는 삼가현으로 갔고 이듬해인 1800년 2월 18일 경과에 응시하기 위해 말미를 받아 서울로 떠났다. 가던 도중 사면령이 떨어졌다(1800년 2월 24일). 그는 돌아와 경기도 남양에서 글을 쓰며 소일했던 것으로 보인다.

『멋지기 때문에 놀러 왔지』의 다른 한 축을 이루는 김려의 경우도 소품체로 지적을 받았다. 김려 역시 1792년 3월 2일 반제(泮製)에서 입격한 유생의 자격으로 정조를 만난 적이 있었다. 정조는 김려에게 "너의 시는 자못 맑고 아름다운 소리가 나는 듯하여 즐길 만하다. (……) 너의 용모가 또한 청수(淸秀)하니, 문장이 그 사람과 같다고 할 만하구나."라고 호의를 표한 바 있다. 하지만 같은 해 10월 문체반정이 본격적으로 시작되자, 김려에 대한 발언이 달라지기 시작한다. 1792년 12월 16일 정조가 이옥에게 문체를 확실하게 고치지 않으면 바닷가에 수군으로 충정할 것이라고 고백한 그날 김려 역시 같은 처분을 받았다. 정조는 김려의 답안지에 대해 "단단히 타이른 뒤에도 여전히 소품체를 쓰고 있으며 필체 역시 여전하다."고 지적하고 문체를 고친 것이 확인되기 전에는 과거에 응시하지 못하도록 지시했다. 김려가 정조가 내린 과제인 부 5수, 표 7수, 시 20운 배율 7수를 지어 올린 것은 이듬해인 1793년 2월 12일이었고, 그는 다시 응시 자격을 얻었다. 이옥은 성균관에 머무르며 매일 사운율 10수를 지어 2월 27일 100수를 채웠다.

김려는 이옥만큼 시달리지는 않았지만, 1797년 11월 강이천
(姜彝天)이 유언비어를 퍼뜨린 사건에 연루되어 경원부로 유배
되었다. 다만 이 책에서 나오는 바와 같이 중간에 부령현으로 유
배지를 옮긴다. 강이천 사건은 매우 복잡하여 여기서 간단히 언
급할 수 있는 것은 아니다. 요점만 간단히 밝히자면 강이천이 청
나라 신부 주문모(周文謨) 등을 만나 들었던 천주교 교리와『정
감록』등을 자기 나름의 상상으로 해석하여 유포하였던 것이 그
유언비어의 내용이다. 김려는 강이천과 친구였기 때문에 걸려들
었던 것이다. 정조는 강이천과 김려 등을 귀양 보내면서 그들의
문체는 모두 소품체라고 지적했다. 정조가 죽고 신유사옥이 일
어나자 김려는 다시 서울로 소환되어 1797년 사건에 대해 재조
사를 받고, 진해로 다시 유배되었다가 1806년 10월에야 풀려난
다. 그는 이후 낮은 관직을 전전하다가 1821년 9월 16일 함양
군수로 재직 중 사망한다.

이옥과 김려의 문학에서 주목할 것은 두 사람이 끝내 자신들
의 창작 지향을 바꾸지 않았다는 점이다. 이옥이 그러했던 것은
물론이고, 김려 역시 이옥의 작품에 붙인 발문에서 이옥의 작품
이 고문이 아니고 소품이라는 지적에 대해 반박하는바, 이 반박
을 정조의 문체반정에 대한 반발로 이해해도 무방할 것이다. 곧
이옥과 김려는 자신들의 예술적 신념을 실천하기 위해 권력에
굽히지 않았던 것이다. 두 사람의 문학을 매개로 한 우정에서 각
별히 눈여겨보아야 할 부분이다.

　김려의 문집은 후손이 거두어 『담정유고(潭庭遺藁)』란 이름의 책으로 묶었지만, 이옥의 작품은 한데 모아지지 않았다. 다만 김려만이 그의 작품 대부분을 모아서 『담정총서(潭庭叢書)』 안에 갈무리했다.(『담정총서』에는 이옥과 다른 벗들의 작품도 들어 있다.) 김려가 이옥의 작품을 필사하여 엮을 때 심정이 어떠했을까? 그 답을 『멋지기 때문에 놀러 왔지』에서 찾을 수 있지 않나 한다.

강명관(부산대 한문학과 교수)

이옥과 김려 중 먼저 눈길을 끈 이는 이옥입니다. 이옥의 삶은 극적인 삶이었습니다. 자신이 쓴 글 하나 때문에 평생 고초를 당하게 되었으니 말입니다. 조금 과장해서 말하자면 오이디푸스나 햄릿과 같은 과의 운명을 지닌 사람이었던 것이지요. 당사자는 괴로웠겠지만 독자의 입장에서 볼 때 그보다 부러운 인물은 없는 법입니다. 독자들은 평범함을 넘어선 비범함과 초월의 삶을 선호하게 마련이니까요. 그가 쓴 글은 또 어떻습니까? 지금으로부터 거의 이백 년 전, 그러니까 19세기 초에 세상을 떠난 사람이지만 현대의 그 어떤 작가보다도 더 감각적이고 세련된 문장을 자유롭게 구사했습니다. 「시기(市記)」나 「사관(寺觀)」 같은 글을 읽다 보면 이 사람 정말 천재로구나, 하는 생각을 절로 갖게 됩니다. 동시대를 살았던 어느 문인의 평가, 즉 "그의 시문에서는 기이한 생각과 감정이 마치 누에고치가 실을 토하듯, 샘물 구멍에서 물이 용솟음치듯 흘러나온다."는 말이 하나 틀리지 않은 것이지요.

그런 이옥에 비하면 김려의 삶은 상대적으로 평범합니다. 십 년 가까이 유배지에서 삶을 허비했다고는 하지만 유배지에서 허송세월한 이가 한둘이 아니기에 그의 경력은 그다지 새롭게 다가오지는 않습니다. 그 후의 삶은 또 어떤가요? 당대 최고의 권력자인 친구 김조순의 도움을 받아 현감, 군수 등을 지내다가 세상을 떠난 것이 전부입니다. 상상력을 자극할 그 어떤 요소도 그의 삶에서는 발견할 수 없습니다. 그가 남긴 글들도 별반 다르지 않습니다. 그는 평생을 글을 쓰며 살았습니다. 유배를 떠나면서도 글을 썼고, 유배지에서도 글을 썼고, 놀고먹을 때도 글을 썼고, 현감을 지내면서도 글을 썼습니다. 그렇기는 하나 화려한 솜씨가 돋보이는 글도 아니고, 새로운 상상력이 넘쳐 나는 글도 아닙니다. 그저 자신이 느낀 것들을 담담하게 그려 나간 것이 전부입니다. 상황이 이러하다 보니 아무래도 김려보다는 이옥에게 훨씬 더 관심이 간 것은 당연한 결과였겠지요.

이쯤에서 등장해야 할 단어는 바로 '그러나'입니다. 그렇지요. 사람이 늘 극적으로만 살아갈 수는 없는 법입니다. 아침에 해가 뜨고 저녁에 해가 지면 하루가 지나갑니다. 하루가 모여 일 년이 되고, 일 년이 모여 십 년이 되고, 십 년이 모여 일생이 됩니다. 그러니까 일생은 평범한 하루의 합인 것입니다. 비범을 꿈꾸었 던 삶이 평범으로 귀착되어 가는 것을 지켜보면서 김려의 글 또 한 새롭게 다가오기 시작했습니다. 하루도 빼놓지 않고 글을 쓴 다는 것, 자기 주변의 사소한 것들을 지켜보며 글로 옮긴다는 것 이 결코 쉬운 일이 아님을 깨닫게 되었습니다. 홍주 한 병, 연꽃 한 송이, 청어 한 마리, 상추 한 장에 관심을 갖는 것이 실은 일 상에서 도 닦는 일과 비슷하다는 사실을 비로소 깨닫게 되었습 니다. 이옥의 삶이 처음부터 비범한 삶이었다면, 김려의 삶은 평 범함 속에서 마침내 비범함에 도달한 삶이었을 수도 있겠다는 생각이 들었습니다.

  이렇게 말한다고 해서 김려의 편을 드는 것은 아닙니다. 저의 관심은 실은 두 사람의 삶이 함께 만들어 낸 아름다운 결실 쪽에 있으니까요. 신산(辛酸)한 삶을 살다 죽은 이옥의 글들을 모아 문집으로 간행한 이가 바로 김려입니다. 즉 이옥의 글은 김려 덕 분에 이 세상에서 살아남을 수 있었던 것입니다. 일생에 걸친 우 정과 글쓰기가 아름답게 결합한 순간이라 할 수 있겠습니다. 여 기까지 이르면 앞서 인용한 이옥 글의 평가 주체가 누구인지 능히 짐작할 수 있을 것입니다. 그 사람은 바로 김려입니다.

글쓰기를 통해 우정을 논하고, 우정을 통해 글쓰기를 말하고자 한 것이 본래 이 글을 쓰게 된 취지입니다. 부족한 솜씨 탓에 그 취지가 잘 살지 않았더라도 너그럽게 양해하시고 읽어 주셨으면 합니다. 우정이란 게 별다른 것이겠습니까? 그렇게 격려하고 이해하는 것, 그게 바로 우정이지요.

2011년 4월
설흔

설흔 薛欣

서울에서 태어나 고려대 심리학과를 졸업했다. 지은 책으로 『연암에게 글쓰기를 배우다』(공저) 『소년, 아란타로 가다』 『퇴계에게 공부법을 배우다』 『살아 있는 귀신』 『책의 이면』 『추사의 마지막 편지, 나를 닮고 싶은 너에게』 『왕의 자살』 『우정 지속의 법칙』 『연암이 나를 구하러 왔다』 등이 있다. 『멋지기 때문에 놀러 왔지』로 제1회 창비청소년도서상 대상을 수상했다.

멋지기 때문에 놀러 왔지

초판 1쇄 발행 2011년 4월 20일
초판 5쇄 발행 2020년 1월 6일

지은이 • 설흔
펴낸이 • 강일우
책임편집 • 이지영
펴낸곳 • (주)창비
등록 • 1986년 8월 5일 제85호
주소 • 10881 경기도 파주시 회동길 184
전화 • 031-955-3333
팩스 • 031-955-3399(영업) 031-955-3400(편집)
홈페이지 • www.changbi.com
전자우편 • ya@changbi.com

ⓒ 설흔 2011
ISBN 978-89-364-3383-3 03810